ベリーズ文庫

イジワル御曹司様に
今宵も愛でられています

美森 萠

JN167540

STARTS
スターツ出版株式会社

目次

イジワル御曹司様に今宵も愛でられています

イジワル御曹司様に
今宵も愛でられています

王子、現る

混雑する駅の構内を抜け、高層ビルの間をしばらく歩くと、突然開けた空間にこんもりと茂る緑が現れる。

私は足を止め、木々の香りを含んだ三月の爽やかな空気を思いきり吸い込んだ。

「んー、父さんまだなのかな」

八幡《はちまん》様の大鳥《おおとり》居《い》の前に立ち、今日の約束の相手である父の姿を探してみるけれど、それらしき姿は見あたらない。

境内で待つことに決めて、大鳥居をくぐって参道を歩く。微かに花の香りを感じて顔を上げると、薄ピンク色の花々をつけた枝がゆらりと風にそよいだ。

少しかすんだ青空の下、春の暖かな風が、緩いウェーブのかかった私の髪を優しく揺らす。風に飛ばされた桜の花びらがひらひらと空中を舞い、私の手のひらに迷い込んだ。

「……母さん、今年も来たよ」

その花びらを胸もとでそっと握り、小さくつぶやく。花びらを包んだ手のひらから、なにか温かいものがじわじわと体の中に広がった気がした。

今から十五年前、私は大好きだった母を交通事故で亡くした。

あまりにも突然の母との別れだったから、おそらく相当なショックだったのだと思う。

というのも、その頃の記憶は、今でも曖昧だからだ。

母との別れのシーンを思い出そうとしても、いつも頭の中に靄《もや》がかかったようになってしまう。

ただ、うっすらと脳裏に浮かぶのは、泣きじゃくる幼い私と、頭をなでる誰かの手のひら。

あれはいったい誰だったのか。一年中日に焼けてごつごつしている父の手とはあきらかに違う。ひょっとしたら、母を亡くして悲しみのどん底に落ちた自分を慰めるために見た夢だったのかもしれない。いずれにしろ、もうはっきりと思い出すことはできない。

この八幡様には、一本の木に一重《ひとえ》と八重《やえ》の花が交ざって咲くとても珍しい桜の木がある。

私の母は、ここの桜が大好きだった。

母がいた頃は家族三人で、母が亡くなってからは父とふたりで。毎年この八幡様で、手作りのお弁当を持ってお花見をするのが、私たち家族の恒例行事だった。

それが今年は、八幡様で待ち合わせて咲き始めたばかりの桜を見た後、父が予約してくれたレストランで、私の大学卒業と就職のお祝いをすることになっている。

厳しい就職戦線をなんとかくぐり抜け、私は四月から国内シェアナンバーワンの大手建材メーカー『四葉工業《よつばこうぎょう》』で働くことが決まっている。

男手ひとつで私を育ててくれた父に、ようやく恩返しをすることができる。

これから始まる新生活に思いを馳せ、私はうきうきとした気持ちで咲き誇る桜を眺めていた。

「……父さん遅いなぁ」

鞄の中からスマホを取り出して時間を確認すると、約束の時間をもう三十分以上過ぎていた。

私の父は、母校である大学の史学科で考古学を教えている。

今日は朝から一度大学に顔を出して、昼までに用事を済ませ、待ち合わせ場所に直行すると言っていたのに、やはり父からの着信はないし、メッセージも届いていなかった。

何日も前から、父は『結月《ゆづき》とデートなんて久しぶりだな』と言って、今日が来るのを楽しみにしていた。そんな父が、連絡のひとつもよこさないなんてどう考えてもおかしい。やはりこちらから電話をかけてみようと、スマホのホーム画面を開いたと同時に、画面が着信の表示に切り替わった。

「……え？」

電話をくれたのは、父と同じ大学の考古学研究室に勤める白井《しらい》さんだった。

白井さんは、父の仕事上のパートナーで、プライベートでもとても仲がいい。私と父が住んでいるマンションにも、何度も遊びに来てくれたことがある。父と同世代の、温和な性格の人だ。もしものためにと、以前私も電話番号を交換させてもらっていた。

いくら長い付き合いとはいえ、こうして白井さんが私に直接電話をかけてくるのは初めてだ。やはり父になにかあったのではないかと、不安が胸をよぎる。

少し落ち着こうと、ひと呼吸置いてから電話に出た。

「……もしもし」

『よかった！　結月ちゃん出た！』

「白井さん、どうかしたんですか？」

どこから電話をかけているのだろう。やけにうしろが騒々しくて、白井さんの声が少し聞きづらい。

『結月ちゃん、落ち着いて聞いてくれるかな』

「……なんでしょう？」

白井さんのいつもより少し上ずった声が、さらに不安を煽《あお》る。やはり父になにかあったのだろうか。

『君のお父さんが研究室で倒れて、病院に緊急搬送された』

「……えっ？」

父が……倒れた？　突然のことに、頭の中が真っ白になる。

『俺が所用で研究室をはずしている間に、突然倒れたみたいなんだ。お父さんに付き添って、今俺も病院に来てる。これから検査みたいで、詳しいことはまだわからないんだけど、結月ちゃんすぐこっちに来れるかな』

早口で捲《まく》し立てる白井さんの声がだんだん遠くなり、全身から血の気が引いていくのがわかる。

……どうしよう。母だけでなく、父まで失ってしまったらどうしよう。

恐怖で、頭がいっぱいになった。

『結月ちゃん大丈夫かい？　しっかりするんだ』

「……大丈夫です」

不安に押しつぶされそうになっていた私を、白井さんの力強い声が引き戻した。

そうだ、私がしっかりしなくちゃ。……父には、もう私しかいないんだから。

「わかりました、すぐそちらに向かいます。私が行くまで父のことをよろしくお願いします」

白井さんに病院の場所と名前を聞き、私は風に煽られた桜の花びらがはらはらと舞う境内を駆け出した。

しんと静まり返った病室に、医療機器の電子音だけが、規則正しく響いている。

サイドテーブルに置かれたデジタル時計は、あと三十分ほどで午後七時になろうとしていた。

ベッドに横たわる血色の悪い父の頬をそっとなで、私は大きくため息をついた。

父の病名は、脳梗塞《のうこうそく》だった。

病院へ搬送された後、父は緊急手術を受け、無事一命を取りとめた。術後しばらくして目を覚ましたけれど、父の主治医の話では、右半身に麻痺《まひ》の症状が現れているらしい。幸運なことに、麻痺はリハビリで改善できるのだそう。しかし、もとの生活に戻るにはしばらく時間がかかると言われてしまった。

『自覚症状もなく突然発症することもある』とのことだったけれど、本当にそうだったのだろうか。お酒も煙草も食事も、もっと私が気をつけてあげればよかった。もっと私がしっかりしていれば、父をこんな目に遭わせずに済んだかもしれないのに。

母が生きていれば、違ったのかな……。

頭の中でぐるぐると考えていると、病室のドアをノックする音が聞こえた。

「はい」

「結月ちゃんいる？」

病室の入り口に立っていたのは白井さんだった。電話をかけてくると言って、しばらく席をはずしていたのだ。

「悪いんだけど、俺はそろそろ失礼するね」

白井さんは大学の研究室で父が倒れているのを発見してからこの時間まで、ずっと父に付き添ってくれていた。

「こんなに遅くまで付き合わせてしまってすみません」

私が頭を下げると、白井さんは「いいんだよ」と優しい笑みを浮かべた。

「お父さんの容態は大学の方にも伝えたから。明日俺が事務局に出向いて、詳細を報告してくるよ」

「よろしくお願いします」

「結月ちゃんは本当に大丈夫？」

「……はい、大丈夫です！」

心細さを押し隠して、必死に笑みをつくる。これ以上白井さんに余計な心配をかけたくなかった。

「それじゃ、行くね」

部屋の隅に置いていた鞄を取り、ドアへ向かう白井さんについていく。白井さんの表情には、さすがに疲労が滲《にじ》み出ていた。

「本当に、ありがとうございました」

手を振る白井さんに、深々と頭を下げた。顔を上げると同時にパタンとドアが閉まり、私と父は白く無機質な空間に取り残される。

白井さんが帰ってしまうと、病室にはまた静寂が訪れた。

父のもとへ向かい、傍らのパイプ椅子に腰を下ろした。薬のせいもあるのか、深い眠りの中にいる父の手のひらをそっと両手で包み込む。

「……ごめんね、父さん」

父の手を引き寄せて、祈るように額をあてた。

仕事で土に触れることの多い父の手は、大きくてごつごつとしている。子どもの頃はよく父と手をつないで歩いていたのに、こうして父に触れるのはいつぶりだろう。昔から変わらないその感触に涙があふれる。

「つらい思いをさせてごめん」

本当にこれから私だけで、父のことを支えていけるのだろうか。

父方も、母方の祖父母もすでに他界しているし、母もいない。父には私だけが頼りなのだ。でもその事実が、私の孤独感をさらに強くする。

押し寄せる後悔と寂しさに耐えきれず、私は、とうとう涙をこぼした。

これまで我慢していたものが決壊し、後から後からあふれてくる。父とふたりきりになったのをいいことに、私はその手を握りしめたまま子どものように泣きじゃくった。

どれほど時間が経ったのだろう。泣き疲れた私は、いつの間にか眠ってしまったらしい。重い頭を抱えながら顔を上げると、私は薄暗い病室にいて、ベッドに横たわる父はたくさんの管につながれている。

一気に現実に引き戻され、心がスッと冷えた気がした。

指先で頬に触れると、涙で濡《ぬ》れたままだ。きっとメイクもぐしゃぐしゃになっているだろう。それに、泣きすぎて頭も痛い。

気持ちを切り替えるためにも顔を洗いに行こうと椅子から立ち上がると、半分開いたドアの向こうから、見知らぬ若い男性が顔を覗《のぞ》かせていた。

「あの、こちらは藤沢圭吾《ふじさわけいご》さんのお部屋でしょうか？」

少し遠慮がちな、それでいて凛とした涼やかな声が、病室に響く。

「はい、そうですが……」

目もとをさっとぬぐい、病室の入り口へ向かう。男性と視線が合った。

二十代半ばくらいかな。年齢的に見て、父の教え子だろうか。大学の卒業生とか？　でもどうやって、父がこの病院にいることを知ったのだろう。

「ひょっとして君は……結月ちゃん？」

「そうですけど……」

初めて会う人なのに、この人はどうして私の名前を知っているのだろう？

「俺のこと、わからない？」

「えっ？」

前に会ったこと、あったっけ？　考えてみても思い出せない。

私が首をかしげていると、男性は「……覚えてないのか」とボソッとつぶやいた。

「ごめんなさい」

「いや、いいんだ」

そう言って、複雑そうな笑みをこぼす。残念だけれど、私にはやはり見覚えがない。

「あの、失礼ですが……」

「あ、突然押しかけてごめんね。俺は羽根木智明《はねきともあき》といいます。圭吾さんの、その……古い知り合い、というか」

少し迷ってから、そう告げる。

「圭吾の娘の藤沢結月です」

「……うん」

私の名前を聞くと、その人は懐かしそうに口もとに小さく笑みを浮かべ、目を細めた。さらさらの黒髪の間から覗く、切れ長の目が私を捉える。美しい漆黒の瞳に、自然と意識が吸い寄せられた。

……なんというか、男の人なのにとても綺麗な人だ。ピンと伸びた背筋に美しい所作、声同様に凛としたたたずまいは、育ちのよさを感じさせる。

「あの、よかったら中に入りませんか？」

「……いいの？」

「どうぞ」

羽根木さんを中に招き入れ、父のそばまで来てもらった。たくさんの医療機器に囲まれてベッドに横たわる父を見て、羽根木さんはあきらかにショックを受けたようだった。

「それで……圭吾さんの具合はどうなのかな」

「脳梗塞でした。手術後、一度目は覚ましたんですけど、お医者様の話では、右半身に麻痺が残っているみたいで……」

「……そうか」

お医者様から聞いたことをそのまま説明すると、羽根木さんは眉間にグッとしわを寄せた。つらそうな表情に、私の胸も痛む。

視線は父に向けたまま私の話を聞いた後、羽根木さんが私の方を振り向いた。

「圭吾さんのことでも、結月ちゃん自身のことでもなんでもいい。困ったことがあったら、いつでも俺を頼って。すぐに飛んでくるから」

「……ありがとうございます」

いつでも頼っていいと言ってくれる人がいる。ひとりで心細かっただけに、今はその言葉をなによりもうれしく感じる。

「なにかあったら、ここに連絡をくれるかな」

羽根木さんは自分の名刺の裏に携帯の番号を書き入れると、私に手渡した。

「よかったら、後で俺の携帯に結月ちゃんの着信を残しておいてくれないかな。圭吾さんの様子を知りたいから、時々俺からも連絡を入れさせてもらってもかまわない？」

「それは、もちろん」

私や白井さんのほかにも、父の容態を気にかけてくれる人がいると思うだけで心強い。私がこくりとうなずくと、羽根木さんはようやく安心した笑みを見せた。

「ありがとう。今日はこれで失礼するね。……圭吾さん、また来るからね」

羽根木さんは最後に父の手をぎゅっと握ると、私に頭を下げドアに向かおうとする。

「あの！」

思わず羽根木さんを引き留めた。父と羽根木さんの関係を、まだ聞いていない。

「あなたは……どうしてそこまで父のことを気にかけてくれるんですか？」

ふたりの間に、複雑な事情でもあるのだろうか。どう説明したらいいのか、羽根木さんも考えあぐねているようだった。

少しの沈黙の後、羽根木さんはまるでなにかの覚悟を決めたかのように、ゆっくりと口を開いた。

「圭吾さんには、一生かけても返しきれないほどの恩があるんだ」

「……恩？」

「だからお願いだよ。なにかあった時は、必ず俺を頼ってね」

「わかりました……」

私の返事に満足そうな笑みを浮かべると、羽根木さんは静かに病室から出ていった。


父のもとへ戻り、羽根木さんからもらった名刺をしげしげと眺めてみる。

「香月《こうげつ》流《りゅう》家元《いえもと》嗣《し》、羽根木智明？」

香月流って、お茶とかお花とか書道とか、そういうものの流派のひとつなんだろうか？　そんな由緒正しい家柄の人が、どうしてうちの父と？

父がそういう趣味を持っているだなんて聞いたことはないし、ますますふたりの接点がわからない。結局羽根木さんも、父との関係をはっきりとは口にしなかった。

「ねえ、父さん。羽根木さんとの間に、なにがあったの？」

眠っている父が答えるわけもなく、再び静かになった病室には、無機質な医療機器の電子音だけが響く。

「またいつか、会えた時に聞いてみればいいかな……」

羽根木さんはまた来ると言っていたし、電話もくれると言っていた。

「あ、電話！　忘れないようにしなくっちゃ」

早速スマホのアドレス帳に羽根木さんの番号を登録して、私は再び、パイプ椅子に腰を下ろした。

王子様の正体

突然父のもとを訪れた羽根木さんのことが気になった私は、一度家に戻った時に、もらった名刺を使って、彼のことを調べてみた。

羽根木智明さん、二十六歳。

華道　香月流五世、家元嗣。

名刺に書いてあった『香月流』とは、華道の流派のひとつだった。

国内におよそ二百支部、また海外にも五十近い支部を持つ一大流派で、現家元は羽根木さんのおじい様である羽根木幽玄《ゆうげん》氏。羽根木さんは百有余年の歴史を持つ香月流の御曹司であり次期家元ということらしい。

そして、一度テレビのドキュメンタリー番組に取り上げられたことから人気に火がつき、その豊かな才能と若さ、そして芸能人並みに端麗な容姿から、『いけばな王子』と呼ばれ、本業の生け花以外でも連日メディアに引っ張りだことということだった。

知れば知るほど、羽根木さんは別世界に住む、遠い人だった。

そんな人がなぜ父と？　いつ、なにがきっかけで知り合ったの？

それに羽根木さんは、私のことも知っているようだった。あんなに素敵な人、一度会ったら忘れられないはず。でも私は彼自身のことはもちろん、彼が華道界に身を置く人だということも、今回初めて知った。

考えれば考えるほど、疑問は膨らむばかり。結局その日は、羽根木さんと私たちとの接点はわからないままだった。

父が倒れて数日、バタバタと家と病院を往復する日々が続いていた。

合間に時間を見つけては、入社の準備やほかの用事を済ませた。通勤服や制服に合わせた靴などのほかにもこまごまとした買い物があったし、父の病状の報告や様々な手続きで、父が勤める大学にも顔を出す必要があった。

大学を訪れた時、私は父と白井さんの職場でもある考古学研究室を訪ねた。

「結月ちゃん、いらっしゃい」

「白井さん、その節は本当にお世話になりました」

白井さんが倒れた父を見つけてくれなかったら、私は本当にひとりきりになっていたかもしれない。そのことも含めて、改めて白井さんにお礼を言うと、白井さんは「俺は当たり前のことをしたまでだよ」と言って、微笑んでくれた。

「あのね、結月ちゃん。こんな大変な時に申し訳ないんだけど……」

「どうしたんですか？」

聞けば白井さんは、急遽海外での発掘調査に参加することになったという。

「それってもしかして、父の代わりですか？」

「いや、まぁ。なんて言うか……」

はっきり口にすれば、また私が気にしてしまうと思ったんだろう。心優しい白井さんは、言葉を濁してしまう。

「白井さんにまでご迷惑をおかけすることになってしまって……。本当にごめんなさい」

白井さん以外にも、父の仕事関係の人たちにも、どれほど迷惑をかけているかわからない。申し訳なくて縮こまる私の肩を、白井さんが優しく慰めるようにポンと叩いた。

「いや、俺のことはいいんだよ。そんなことより、結月ちゃんしばらくひとりで大丈夫かい？」

「ひとりと言われれば、そうかもしれないんですけど……」

そう言われて頭に浮かんだのは、羽根木さんのことだった。

『別世界に住む、遠い人』だとわかった羽根木さんだけれど、驚いたことに、彼はほとんど毎日のように連絡をくれた。

『圭吾さん、どんな様子？』

『それが、リハビリがつらそうで……』

ほかに相談できる人がいないから、私もつい羽根木さんに甘えてしまう。羽根木さんは私の不安を聞いてくれるだけでなく、『そっか。結月ちゃんも毎日大変だけどがんばってね。でも、どうか無理はしないで』と、毎回、私へのねぎらいの言葉も忘れない。

私は決してひとりじゃない。白井さんや羽根木さんのように、父を気にかけてくれる人がいる。そのことが、どんなに私を励ましてくれていることか。

「私なら大丈夫です」

「……そっか」

微笑むと、白井さんはホッと息を吐いた。

次に会った時にたくさん土産話を聞かせてもらうことを約束して、私は白井さんのいる考古学研究室を後にした。

「父さん、調子はどう?」

「うん、いいよ」

週末、病室の父を見舞うと、ベッドの上で体を起こした父が、出迎えてくれた。

麻痺のせいで若干話しにくくはあるようだけれど、日に日に表情は明るくなってている気がする。

父にはまだ、倒れた日の夜に羽根木さんが訪ねてきてくれたことを話していなかった。なにか事情がありそうだし、病状が落ち着いた頃にゆっくり聞いてみようと思っていたのだ。

「窓、ちょっと開けるね」

だいぶ調子もよさそうだし、今日あたり羽根木さんのことを父に尋ねてみようか。そう考えながら、窓を開けて病室の空気を入れ換える。春の風がそよいで、父が気持ちよさそうに目を細めた。

「父さん、お茶でも飲む?」

「そうだね、もらおうかな」

父が飲みやすいよう、ペットボトルのお茶を吸い飲みに移していると、コンコンと病室のドアをノックする音がした。

「こんにちは、圭吾さん具合はどうかな」

「羽根木さん！」

病室を訪ねてきたのは、まさにその羽根木さんだった。人目につくのを避けるためか、今日は黒いセルフレームの眼鏡をかけている。予想外の訪問者に驚いたらしく、父は羽根木さんを見て目を丸くしていた。

「智明くん……かい？」

「はい、すっかりご無沙汰してすみません」

「立派になったな」

長いこと父とは会っていなかったのだろうか。羽根木さんはドアのところで立ち止まり、感慨深そうに父を見つめると、深々とお辞儀をして、父のもとへとやって来た。

「羽根木さん、父さんのことを心配して毎日電話をくださってたのよ」

「そうだったのか、心配かけてすまないね」

「お元気そうでよかった。俺も安心しました」

「ありがとう。会えてうれしいよ」

父は自由が利く左手で羽根木さんを抱き寄せ、ポンポンと肩を叩く。はにかみながらも、羽根木さんもうれしそうな表情を見せた。

「結月も久しぶりに会えてうれしいだろう？　なんていったって初恋の人だもんな」

「えっ、初恋⁉」

「なんだ、覚えてないのか？　おまえ、大きくなったら智明くんのお嫁さんになるって言ってたんだぞ。あきれたヤツだなぁ」

なにそれ。私ったら羽根木さんにそんなことまで言ってたの？　自分からお嫁さんになるなんて言っておきながら、羽根木さんの存在を忘れてるなんて、私ったらずいぶんひどくない？

「まあまあ圭吾さん、子どもの頃の話ですから」

ひとりで赤くなったり青くなったりしていると、羽根木さんがそう言ってとりなしてくれた。

「私ったら、全部忘れてしまうなんて失礼なことを……。本当にすみません」

「いいんだよ。そんなこと気にしないで」

「……ありがとうございます」

ちく、となにかが胸を刺した。

忘れていたのは自分の方なのに、初恋を『そんなこと』なんて言われて傷つくなんて。父じゃないけれど、本当に自分にあきれてしまう。

「圭吾さん、また来ます。リハビリがんばってくださいね。次は一緒に庭を散歩しましょう」

「ああ、楽しみにしてるよ。結月、智明くんのこと送ってあげて」

「わかった」

私だけが気まずい気分を引きずったまま、羽根木さんと病室を出た。


「結月ちゃん、悪いけど裏口の方に出ていい？　あまり人目につきたくないんだ」

「あ、そうですよね。気が利かなくてごめんなさい」

今日は日曜日で、病院内にはお見舞いに来ている人も多い。羽根木さんがここにいることがわかったら、きっと大騒ぎになってしまうだろう。

羽根木さんのことを調べてから、実は彼が、毎日のようにテレビに出ていることに気がついた。雑誌やネットニュースで取り上げられていることも多いし、正真正銘の人気者なのだ。……私とは住む世界が違う。

病棟の奥のエレベーターまで行き下降ボタンを押すと、すぐに扉が開いた。

「あの、お先にどうぞ」

「ああ、ありがとう」

羽根木さんに先に乗り込んでもらい、一階のボタンを押した。目を合わせて言う勇気がなくて、私は前を向いたまま、おずおずと口を開いた。

「あの、さっきのことなんですけど。私、母を亡くした頃の記憶が曖昧で。自分で思っている以上にいろいろ忘れてるみたいなんです。……本当にごめんなさい」

そのまま小さくなっていると、背後から「ふぅ」とひとつため息が聞こえた。

「だから、結月は気にしなくていいって。……俺は気にしてるけど」

「えっ？」

羽根木さん、今私のこと呼び捨てにした？　びっくりしてうしろを振り向くと、羽根木さんは眼鏡をはずし、おもしろくなさそうな顔で、私を見ていた。

私と羽根木さんって、まさか名前で呼び合うような仲だったの？

「ずいぶんあっさり忘れちゃったみたいだけどさ。俺にとっても、君は初恋だったんだ。大事な思い出だったんだよ。それをまさか、自分の存在まで丸ごと忘れられてるだなんて」

「えっ、私が？」

「そう、君が俺の初恋の人」

私みたいな極々平凡な人間が、羽根木さんのような有名人の初恋の相手なの？

にわかには信じられなくてあ然としていると、羽根木さんが急にふたりの距離を詰めた。今にも触れそうなほど、近い。

バン！と耳もとで大きな音がして、咄嗟に身をすくめた。……羽根木さんが私のうしろの扉を叩いたのだ。彼の両腕に閉じ込められて、身動きもできない。

「羽根木さ……」

ほんの一瞬、私の額にやわらかなものが押しつけられて、離れていった。目の前で羽根木さんの唇が妖艶に弧を描き、開く。

「今度は、忘れないでよね」

「……へ、ええっ？」

「じゃあまた。見送りありがとう」

額にキスをされたのだとようやく気づき、へなへなと座り込む私を見て満足そうに微笑むと、羽根木さんは片手を上げてエレベーターから出ていった。

父が倒れてから一週間、術後の経過はとても順調だ。しかし担当医に「リハビリにしばらく時間を要する」と言われ、父と話し合った結果、大学には正式に病気休暇の届けを出すことになった。

父の代わりに私が大学を訪れ、手続きを終えた、その帰り道。

たまたま見上げたビルの大型モニターに、羽根木さんが出演している最新型テレビのコマーシャルが流れていた。

「あっ……」

途端に、やわらかな唇の感触と、意地悪く笑う羽根木さんの顔がフラッシュバックする。

今日だけで、もう何回目だろう。先日の羽根木さんのキスの記憶が、ふいに降りてきては私の頭をいっぱいにする。

忘れるどころか、あれから、羽根木さんのことが頭にこびりついて離れない。

「もうっ、なんなのよ……」

恨みのこもった目でモニターを見上げると、『国宝級の笑顔』なんて言われている上品な微笑みを浮かべて、羽根木さんが私を見下ろしている。

「みんな知らないだけなんだから。騙されてるんだから……」

記憶を追い払うようにぶんぶんと左右に頭を振る私を見て、通りすがりの人たちが危ないものを見るような目で通り過ぎていく。

いけない。これじゃあ私、ただの変人だ。

信号待ちをする人々の中で、悪目立ちしていることに気づいて、私は体を小さくした。

信号が青に変わり、駅ビルに続く横断歩道を渡っていると、さっきまで羽根木さんを映していたモニターで、夕方のニュースが始まった。アナウンサーが、神妙な面持ちで今日のトップニュースを読み上げている。画面に浮かび上がったテロップに、我が目を疑った。

「……嘘でしょ」

画面の下の方に、私が四月から勤める予定の『四葉工業』と『倒産』の文字が、赤く表示されている。

……どういうことなの。『倒産』って、会社がなくなっちゃうってこと？

言葉も出せずに見守っていると、それまでスタジオを映していたカメラが中継先に切り替わった。

都心にある、私も面接や研修で何度か通った本社ビル。エントランスの前に大勢の報道陣が詰めかけている。

正面玄関のシャッターは下ろされ、内容まではわからないけれど、なにか小さな紙が貼り出されているのが見える。建物周辺には報道陣以外、社員らしき人たちの姿は見あたらない。倒産って、本当のことなの？

突然経営破綻するほど、経営状況が悪かったのだろうか？　就職試験や事前研修で何度も本社に通ったのに、誰ひとりとしてそんなそぶりは見せなかった。

固唾をのんでモニターを見守っていると、中継先の記者が倒産の理由を淡々と読み上げていた。

私が四月に入社する予定だった四葉工業は、私が知る限り業績は好調で、以前は事業拡大の一環で、海外の関連事業を積極的に買収していた。しかし当初の見込みよりも利益が出せず、さらに扱っている建築資材の原料価格高騰により徐々に資金繰りが悪化し、経営難に陥り、倒産することになったという。

いったいいつから、経営が傾いていたんだろう。そんな状況なのに、どうして今年も新規採用をしようと思ったんだろう。どうして私は、会社のそんな危機的状況に気がつかなかったんだろう。あまりに突然すぎて、うまく頭が回らない。

ぼんやりとする頭を抱えてモニターを見上げると、とっくにニュースの画面は切り替わり、最近日本に上陸したばかりだという海外発のカフェチェーンの話題に移っていた。

ボーッとしている場合じゃない。私は慌ててスマホを取り出し、メールや着信履歴をチェックした。しかし会社からはなんの連絡も届いていない。採用担当の人にも何度も連絡を取ろうとしたけれど、結局電話はつながらなかった。会社の代表電話やお客様センターにかけても結果は同じだった。

一緒に採用された仲間とも連絡を取り合ってみたものの、みんなただ不安を口にするだけで、誰ひとりとして詳しい状況を知る人はいなかった。

病棟の面会終了時刻の三十分前。私は途方に暮れたまま、父の顔を見に病院へ向かった。

「あ、藤沢さん。ちょっといいですか?」

廊下を歩く私を呼び止めたのは、病棟の看護師だった。

案内され、ナースセンターへ向かう。当直の看護師たちは、みんな消灯前の見回りに行っているのだろう。ナースセンターに彼女のほかに人影はなかった。

「会計から預かっていました。こちら、今月分の請求書です」

「ありがとうございます」

「なにかわからないことがありましたら、また後日会計までお尋ねくださいね」

封筒を受け取り、やわらかに微笑む看護師に頭を下げ、父の部屋に入った。

「父さん、遅くなってごめんね」

　夕食を取って眠くなったのか、ベッドの中の父はテレビをつけたまま眠っていた。父を起こさないよう、音を立てずにベッド横のパイプ椅子に腰掛ける。座った途端、一日の疲れがドッと押し寄せてきた。

「そうだった、請求書」

　ひと息つく間もなく、先ほど看護師から渡された封筒を開けた。

「……えっ、こんなに？」

　請求書に記載された金額に、目のくらむ思いがした。手術代も含まれているせいか、想像以上に高額だった。

　とりあえず今月分に関しては、今手もとにあるお金でなんとかなるだろう。でも、父の入院期間がどれだけ長引くかわからない今、今後のことを考えると不安だけが募ってゆく。

　大学教授である父は、たしかにそこそこの稼ぎはあった。しかし、『先行投資だ』と言ってはよく学費や生活費に困った学生たちを助けていたし、時には彼らを自宅へ招いてごはんを食べさせたりもした。それだけじゃない、父の海外への発掘調査に同行させるために資金も援助していた。

これまで学生たちに貸していたお金がすべて返ってきたというわけではなく、実は我が家には、そんなに貯金も余裕もない。だからといって、父の行いを責めるつもりは毛頭ない。むしろ私は、こうして我が身を削ってでも学生たちを助けてきた父のことを、誇りに思っている。

これからは私も働くのだし、万が一家計が苦しくなった時は、私が父を助ければいいのだと思っていた。今までがんばって、男手ひとつで私を育ててくれたぶん、これからは私が家計の面でも支えていこうと思っていた。

でもまさか、ここに来て内定取り消しの危機……。

「……これから私、どうしたらいいの？」

穏やかな顔で眠る父の顔を見つめ、私は頭を抱え込んだ。

フラフラになりながら自宅へ帰り着き、シャワーを浴びて、そろそろ布団に入ろうかという頃になって、ようやく会社から内定取り消しを知らせるメールが届いた。

なんとか事情を聞かせてもらえないかと、再度メールで問い合わせてみても、やはり返事はない。

なにかほかにあてはないかと手帳を開くと、一枚の小さなカードがスカートの上に落ちた。前に羽根木さんがくれた名刺だった。

拾い上げて、名刺を裏返してみる。流れるような美しい文字で、十一桁の番号が記されてある。

羽根木さんは、『困ったことがあったら、いつでも俺を頼って』と言ってくれた。

あんなことをされたけれど、羽根木さんのその言葉だけは、嘘なんかじゃないとわかる。

困ったことがあればって……それが、今なんじゃない？

一瞬浮かんだ考えを振り払うように、頭を左右に振った。

やっぱり、ダメ。羽根木さんには頼れない。

そもそも羽根木さんの恩人は私ではなくて父なんだし、話そうにも再会したばかりの人に相談できるような内容じゃない。やっぱり自分の力でなんとかしよう。

正直に言って、今はまだ頭の中が混乱している。でも、もう少し時間をおけば、なにかいい考えが浮かぶかもしれないし、事態が好転するかもしれない。私は自分の中にある甘えを捨てるように、羽根木さんからもらった名刺を机の引き出しの中にしまった。

結局、なんの進展もないまま、ただ時間だけが過ぎていった。

一生懸命リハビリに励んでいる父に余計な心配をかけたくなくて、会社の倒産のことは、なかなか切り出せずにいた。しかし、連日の報道でさすがに気づかれてしまった。

「本当に大丈夫なのか、結月」

「大丈夫だよ。もし本当に四葉に入れなかったとしても、就職先ぐらいすぐに見つけるから。父さんは余計なこと考えてないで、リハビリに専念して」

本音を言えば、この先のことを考えると不安で仕方ない。それでも、病気と闘っている父の前では、強がりを言わずにはいられなかった。

それから数日後、私は久々のリクルートスーツに身を包み、SNSで連絡を取り合ったほかの内定者たちと共に四葉工業の本社ビル前に集まっていた。

本社前は、私たち内定者だけでなく、債権者や株主らしき人たち、大きな機材を抱えた報道陣、たまたま通りかかった野次馬など、夥《おびただ》しい数の人たちでごった返していた。

「お願いです。私たちはこれからどうなるんですか？　きちんと説明してください！」

シャッターの前で私と同じリクルートスーツ姿の女性が声を張りあげると、いっせいにカメラのフラッシュが光った。

「すみません、あなた四葉工業から内定もらってた方？　インタビューいいですか？」

私のすぐ隣にいた紺色のスーツ姿の背の高い男性に、カメラマンと数人のスタッフを引き連れた女性レポーターが話しかけてきた。彼がＯＫの返事をすると、レポーターは待ってましたとばかりに質問を浴びせてくる。

男性が「会社には心底失望しています。裏切られたとしか思えない。誠意ある対応を望みます」と強い口調で怒りをあらわにすると、またたくさんのフラッシュが光る。

怒号を上げる人、泣き崩れる人、それに群がる報道関係者。その場にいる皆が次第に異様な熱を帯びていく中、ビルの正面玄関のシャッターが半分ほど開いた。それに気づいた人々が、いっせいに前方へ押し寄せる。少し遅れて、私もみんなに続いた。

しばらくすると、少し髪形の乱れた、あきらかに疲れた様子の年配の男性が姿を現した。たしか広報担当の社員だったと思う。企業説明会や研修会などで、何度か見かけたことがある。

その男性社員は拡声器のマイク部分を口もとにあてると、神妙な面持ちで、「こんな事態になり、世間を混乱させてしまって申し訳ございません」とお詫びの言葉を口にした。そして、

「近隣の皆様より苦情が届いております。近日中に会見を開いてご説明させていただきますので、どうか本日はお引き取り願います」

それだけ言って一礼すると、ほかに説明もなくその場を去ろうとした。彼を追いかけるように、質問や怒りの声が飛ぶが、一度は足を止めたものの、それに答える気配はない。

このまま彼を帰らせてしまっては、わざわざここまで来た意味がない。とにかく私たちの処遇をはっきりさせたくて、私は必死になって声を張りあげた。

「ちょっと待ってください！　私たち、今春入社予定だった者はどうしたらいいんですか？」

私が叫ぶと、いっせいにカメラがこちらを向いた。激しいフラッシュの嵐に目がくらむ。

しかし、担当者はうんざりしたように小さくため息をつくと、「こちらから改めて連絡させていただきます」とだけ言って、ビルの中に入っていった。

「そんな……」

連絡を待て、だなんて。それがないから、今日わざわざここまでやって来たのに……。父もいつ復職できるかわからない今、私に仕事があることが唯一の希望だった。

それなのに、まるで暗闇の中に放り込まれたみたいだ。未来が見えないことが、こんなにつらいものだったなんて。

たぶん会社は、顧客や関係企業への対応で精いっぱいなのだろう。その後が、今現在雇っている従業員への説明対応。きっと私たちのように、入社以前の人間は後回しにされるに違いない。

内定者説明会や研修の時は、あんなに熱心に会社の将来性だとか今後の事業拡大の予定だとか話してくれて、私たちの話も丁寧に聞いてくれていたのに。会社がダメになった途端、私たちはこんなに簡単に放り出されてしまうんだ……。

ひょっとしたら、会社の人と直接会って話せることはもうないのかもしれない。そう思うと、体にどっと疲労感が押し寄せた。

先の見えない不安と、言いようのない虚しさに襲われた私は、これ以上この場にいるのがつらくて、そっと群衆の中から抜け出した。

大通りをしばらく歩き、目についたカフェに飛び込んだ。

昨夜から胃が痛むのでカフェラテを頼み、窓際のカウンター席に腰掛けた。いつもより多めに砂糖を入れて、ひと口飲む。

これから、どうしたらいいんだろう。とりあえず急いで次の仕事を探さなくちゃいけない。卒業した大学の就職課に相談してみる？　それともハローワークに通った方が早いだろうか。

まずは近くのハローワークを調べてみようと思い、上着のポケットを探っていた時だった。スマホから着信音が響く。

発信者を見て、心臓が音を立てるのがわかった。

——羽根木さんからだ。

「……はい、藤沢です」

『もしもし、結月？　今どこにいる？』

強い口調で呼び捨てにされ、さらに心拍数が上がる。

「渋谷のカフェにいますけど……」

私が居場所を伝えると、いつもの余裕のある感じとも違う、まるで怒っているみたいな、少し低めの声が耳もとのスマホから響いてきた。

『君の会社の近くかな。たぶんわかったと思う。絶対にそこを動かないで』

「えっ、ちょっと羽根木さん⁉」

私が呼び止めるのもかまわず、羽根木さんはさっさと電話を切ってしまった。

『君の会社』って、まさか四葉工業のこと？　私から羽根木さんに就職の話なんてしたことはないはず。それなのに、どうして彼が知っているの？

落ち着かない気持ちで、羽根木さんを待つこと二十分。

「失礼いたします。藤沢結月様でしょうか」

ちょうどカフェオレを飲み終えたタイミングで、誰かに肩を叩かれた。

「そうですけど……、あなたは？」

名前を呼ばれて振り返ると、見知らぬ男性が立っていた。

たぶん羽根木さんよりも二、三歳くらい年上だと思う。優に一八〇センチは超えているとわかるかなりの長身に、ラグビーかアメリカンフットボールの経験でもありそうながっちりとした体格。海外ブランドのスーツをびしっと着こなした、黒髪短髪の硬派な印象の男性だ。

「私は葛城《かつらぎ》琉斗《りゅうと》と申します。智明様の秘書をしている者です」

「羽根木さんの秘書の方、ですか……」

『絶対にそこを動かないで』なんて言い方をされたから、てっきり羽根木さんが来るものだと思い込んでいた。

「申し訳ありません、智明様は現在テレビ番組収録中のため、どうしても現場を抜け出せなくて」

「そっ、そんな。私はべつに」

羽根木さんが来るだろうと予想していただけで、べつに期待していたわけじゃない。それなのに葛城さんに謝られて、なぜか顔が熱くなる。

「智明様より藤沢様をテレビ局までお連れするよう言われておりますが、この後お時間よろしいですか？」

「時間ならありますけど……」

「それはよかった。近くに車を止めてありますので行きましょう」

「えっ？　あっ、はい！」

羽根木さんが私を呼び出す理由を尋ねる間もなく、葛城さんは私に席を立つよう促す。慌てて立ち上がって、隣の席に置いていた鞄を取ろうと手を伸ばしたけれど、鞄も空になったカフェオレのカップも、すでに葛城さんの手の中にある。

「次の予定まであまり時間がありません。急いでください」

「あっ、葛城さん待ってください！」

手早くカップを返却しさっさとお店を出ようとする葛城さんを追って、私も足早にその場を後にした。

「着きました。行きましょう」

「はい！」

よほど時間がないのか。地下の駐車場に車を止め、早足で先を行く葛城さんを必死で追いかける。

「こちらです」

エレベーターを降りて、ロビーを行き交う人々の間を抜けると、べたべたとポスターが貼られた狭い廊下を奥へと進む。

まるで迷路のような廊下をしばらく行くと、葛城さんは『羽根木智明様』と貼り紙のある部屋の前で足を止めた。

どうやらここが羽根木さんの楽屋らしい。葛城さんがコンコンと控えめにドアをノックするのを、息を詰めて見つめた。

「はい」

ドアの向こうから聞こえてきた声に、無意識に体がビクッと反応する。

羽根木さんと会うのは、あのキスの日以来だ。どうしたって意識してしまう。

「葛城です。藤沢様をお連れしました」

「……入ってもらって」

「失礼します。さ、藤沢様」

「はい。……失礼します」

葛城さんにそっと背中を押され、詰めていた息を吐《は》き出して楽屋の中に一歩足を踏み入れた。

恐る恐る顔を上げると、ソファに座ったまま、とがめるような視線で私を見る羽根木さんがいた。

テレビ出演用だろうか。今日の羽根木さんは、明るめの青の着物に縞袴《しまはかま》姿。初めて見る和装姿は、思わず見とれてしまうほどかっこいい、のだけれど。

それにしても……羽根木さん、どうしてこんなに機嫌が悪そうなの？

「どうしたの、ボーッとして。あまり時間がないんだ。さっさと座りなよ」

「あっ……」

羽根木さんはソファから立ち上がると、ぼけっと突っ立ったままの私の手首を掴んで引っ張った。

「どうしたの」

「べ、べつに。なんでもないです」

いきなり触れられて動揺する私を見て、羽根木さんは口もとに意地悪な笑みを浮かべた。途端に頭の中に先日のキスがよみがえり、顔がカッと熱くなる。

「さすがに今度は忘れられてないみたいだね」

「あたり前です！　私のことからかうためにわざわざ葛城さんを迎えによこしたんですか？」

「まさか。俺も葛城もそこまで暇じゃない」

鼻先で笑うと、羽根木さんは先にソファに腰掛けた。

「どうぞ」

「……失礼します」

軽くお辞儀をして、私も羽根木さんの向かいのソファに腰を下ろす。私が座るのを見届けると、葛城さんは静かに楽屋の外へ出ていった。

この態度といい、不機嫌オーラといい、私なにか彼を怒らせるようなことをしたのかな？　でも、覚えがない。

こんなふうにからかわれて、怒っていいのは私の方なんじゃない？　なんて思いつつ、羽根木さんの様子をうかがう。

「話っていうのは、君の就職先の『四葉工業』のことだ。入社を前に、倒産したんだろう？」

「えっ、羽根木さんがどうしてそのことを？」

驚く私に、羽根木さんは楽屋備えつけのテレビを指差した。

「さっきまでやってたワイドショー、結月も思いっきりアップで映ってたけど、知らなかった？」

「ワイドショー？」

「収録の合間にテレビをつけたら、ちょうど四葉工業の本社前から中継してたんだ。君も四葉の本社ビル前にいて、社員に大きな声で質問してたでしょう？　意外と積極的なんだね。ちょっと驚いたよ」

「それは、私も必死だったから……」

それで就職予定だった会社も、そこが倒産してしまったことも羽根木さんが知ることになったんだ。それにしても、あの姿を羽根木さんにまで見られてしまっただなんて……。

「それで、君はこれからどうするの？」

恥ずかしさで頭を抱えていた私に、羽根木さんが聞いてきた。

父のことでも心配をかけているのに、これ以上、私たち家族のことで気に病んでほしくない。素直にそう思った私は、複雑な気持ちを押し隠し、無理やり笑顔をつくった。

「内定取り消しにはなっちゃったけど、大丈夫ですよ、きっと。次の就職先だってなんとかなると思います」

口ではそう言いながらも、つい視線は泳いでしまう。いくら最近は売り手市場だとは言っていても、新入社員が入社を控えたこの時期に、そうそう再就職先なんて見つからないだろう。正直なところ、不安で仕方がない。

「……それ本気で言ってる？」

さらに低くなった羽根木さんの声に驚いて、弾かれたように顔を上げた。羽根木さんは眉間にしわを寄せ、不機嫌そうな顔で私を見ている。

「俺、ちゃんと言ったよね？　困ったことがあったら真っ先に頼ってって」

「たしかに、そうおっしゃってましたけど……」

「どうしてすぐ俺に連絡してこなかったの？」

まさか、羽根木さんの不機嫌の原因ってそこだったの？

私だって、羽根木さんの言葉を思い出したし、頼りたいとも思った。でも……。

「今回のことは、父ではなく私自身の問題ですし。羽根木さんにそこまでご迷惑はかけられません」

勘違いしてはいけない。羽根木さんの恩人はあくまで父であって、私ではないのだ。

彼の目を見てきっぱりとそう言うと、羽根木さんは目を見開いた。それまでの不機嫌さが徐々に鳴りを潜め、心から心配そうな顔になる。

テーブルに置いてあったお茶をひと口飲むと、羽根木さんはひと呼吸置いて話し始めた。

「圭吾さんのことだけど、俺にはたいしたことできなくて、君には本当にすまないと思ってる」

「そんな、こうして気にかけていただくだけで十分心強いし、私は本当にありがたいと思っています」

羽根木さんが頻繁に連絡をくれたり、忙しい合間を縫って父を見舞ってくれたりしたことには、素直に感謝している。父が倒れてからずっと、私は羽根木さんの電話を心の拠り所にしていたし、彼がいたから、私はひとりじゃないと思えたのだ。それだけで、もう十分だと思っている。

「君がそう言ってくれるのはうれしいけど、圭吾さんに対してなにもできないぶん、俺は結月の力になりたいんだ」

「羽根木さん……」

「圭吾さんの代わりに、俺が結月の力になりたい。それもダメかな……？」

羽根木さんの真剣な瞳に、目を奪われた。

今回のこと、羽根木さんはそんなふうに思ってくれていたの？　それが、羽根木さんの本心？

彼の優しさが、ここ数日の騒ぎで疲弊した心と体にじわじわと染み込んでいく。

「ダメなんかじゃないです。そんなふうに思っていただけてうれしいです」

「……そう」

私が言うと、羽根木さんは安心したのか、ホッと息を吐いて笑みを浮かべた。

「ところで、次の就職先はなんとかなるって言ってたけど、なにかあてでもあるの？」

「今はまだ、ありません」

羽根木さんの言葉に、浮かれていた心が一気に現実に引き戻されてしまう。

「圭吾さんの看病をしながら、就職活動までできるの？　結月は今でも圭吾さんのリハビリにも付き合ってるんでしょう？　もし就職できたとしても、今までのペースで圭吾さんのところに通うのは無理じゃない？」

冷静になって考えてみると、たしかにそうだ。就職活動はまだなんとかなるとしても、ひょっとしたら父のことを理由に、採用を断られることもあるかもしれない。ただでさえ新卒でなんの経験もない私が、中途採用の試験を受けて、そうすんなり雇ってもらえるとも思えない。

「仕事が見つかるまでは、アルバイトでしのぐほかないかもしれません」

「それもいいかもしれないけど、金銭的には大丈夫なの？　圭吾さんは当分働けないだろうし、今はよくても、いずれ厳しくなるんじゃない？」

ふたりは古い知り合いだと言っていたから、羽根木さんも自分のことよりも、困っている人や助けを必要としている人に心を砕いてしまう父の性格をよくわかっているのだろう。痛いところをずけずけと突いてくる。

「実は私も、そこを心配しているんです。今すぐどうこうという話ではないんですが、そんなに余裕があるわけでもないので……」

羽根木さんの思いを知った今、不安を隠すのもどうかと思い、私は正直な気持ちを打ち明けた。羽根木さんは「そっか」と小さくつぶやくと、それきり口をつぐみなにかを思案しているようだった。そして、おもむろに口を開いた。

「それで考えたんだけど……。結月さえよかったら、俺のアシスタントとして働かないか」

「羽根木さんのアシスタント？　私がですか!?」

アシスタントって、生け花の？　なんの経験もない私が、いきなりできるものなの？

「実は最近、本業とは直接関係ない仕事も増えてきて、葛城ひとりじゃ手が回らなくなってきてたんだ。ちょうど人を増やそうかって話をしてたところだし。葛城！」

「失礼します」

出入り口のドアに向かって羽根木さんが声をかけると、いったん楽屋の外に出ていた葛城さんが大きめの白い封筒を持って入ってきた。その封筒を、そっと私の前に差し出す。

「これは？」

「とりあえず、中を見てみてくれる？」

羽根木さんに言われるまま封筒を開けると、数枚の書類が入っていた。一番上の書類には『雇用契約書』と記載がある。

「これは君の雇用契約書だよ」

「えっ？　ということは、羽根木さん最初からそのつもりで……？」

羽根木さんはそれには答えず、曖昧な笑みを浮かべるだけだった。……案外照れ屋なのかもしれない。

羽根木さんは「んんっ」と軽く咳払いをして、膝の上で両手を組み、少し前に体を乗り出した。ここから本題に入るのだろう。私も軽く息を吐いて、居住まいを正す。

「一応圭吾さんのことも考慮して、通常より拘束時間は短く設定してある。雇用形態はアルバイトとしての採用になるけど、待遇は悪くないと思う。どうかな？　ちょっと目を通してみて」

「はい」

たしかに父のことを考慮して、就業時間の調整だけでなく、緊急の際の休みなども取りやすいようにしてある。時給も、学生時代にしていた居酒屋でのアルバイトとは比べ物にならないほどいい。冷静になって考えてみても、こんなにいい話きっとほかにはないだろう。

それに、ワイドショーで私を目撃してからのこの数時間の間に、羽根木さんと葛城さんがここまで用意してくれたという事実に、私は涙が出そうなほど感激した。

「ありがとうございます。私にはもったいないくらいのお話です。……でも、私には生け花の経験がまったくありません。それでもいいんですか？」

生け花の知識も経験もない私に、本当に羽根木さんのアシスタントが務まるのだろうか。これ以上、羽根木さんの足を引っ張るようなことだけはしたくない。

「俺は、君にいきなり助手になれって言ってるわけじゃないよ。さっきも言ったけど、生け花のこと以外にもいろいろと雑務はあるんだ。君がそこを引き受けてくれたら、とりあえず葛城が楽になる」

羽根木さんの少しうしろに立つ葛城さんが、私と目を合わせうんうんと深くうなずいた。こんな私でも、羽根木さんのためにできることがあるって考えていいの？

「……羽根木さん、本当にありがとうございます。ぜひ、やらせてください」

「本当に？　……やった！」

私の返事を受けて、羽根木さんが胸の前で小さくガッツポーズをつくる。葛城さんも、それまでの仏頂面を少し崩して、笑顔を見せていた。

「俺も少しは、初恋の君の役に立てたって思っていいのかな？」

「もうっ、またそれ蒸し返します？」

「悪いけど、俺はずっと言い続けるよ。二度と忘れてほしくないからね」

「……っ！」

いたずらっぽく微笑みながらも、その瞳は真剣さを帯びているような気がして、瞬時に胸が高鳴る。

「……忘れたくても、二度と忘れられませんよ」

そう返すだけで精いっぱいの私に、羽根木さんは「どうだかね」と言って、笑いながら肩をすくめてみせた。

王子様然とした顔も、思いっきり顔をくしゃくしゃにして笑う姿も、意外と意地悪なところも。その全部が、本物の羽根木さんなんだろう。

これから素の彼を一番近くで見られるという事実に、ちょっとだけ胸が沸き立つ自分もいる。

「本来なら、圭吾さんにお許しをいただいてから、君に話すべきだったんだろうけど……」

「この後父の病院に行って、報告してきます。大丈夫です、きっと父も応援してくれると思います」

「……そっか」

私の頭をクシャっとなで、ホッとした笑みを見せる。

「あ、あれ？」

その仕草と笑顔を、前にも目の当たりにしたような気がして思わず声が出た。

「なに、どうかした？」

「いえ、なんでもないです……」

ひょっとしてこれが、忘れていた記憶の一部なのかな……？

「これからよろしくね、結月」

「あっ、はい。よろしくお願いします」

差し出された手を取って、私は羽根木さんと固く握手を交わした。想像していたよりもずっと、男らしくて、大きくて骨ばった手だった。

こうして私は、無職の危機から一転。羽根木さんのアシスタントとして働けることになったのだ。

また好きになって

『今日から四月。進学や就職など、新しい生活に入る方も大勢いらっしゃるのではないでしょうか。それでは、今日の天気図を見てみましょう』

四月に入り、今日から私は、香月流の一員として羽根木さんのアシスタントに就く。

家を出るまで、あと十五分。朝のニュースを流し見しながら肩下までの髪をバレッタでひとつにまとめ、鏡を覗いてメイクの最終確認をした。

初日の今日選んだのは、倒れる前、父が就職祝いに買ってくれたライトグレーのスーツ。スーツ自体にまだあまり慣れていなくて、着せられている感はあるかもしれない。でも、セットのフレアスカートがかわいいし、明るいグレーの生地は顔色を明るく見せてくれるから、とても気に入っている。

父に買ってもらったときから、出勤初日にはこのスーツを着て行くと決めていた。

父のためにも、一日でも早く仕事を覚えて、このスーツが似合う素敵な女性になりたい。

「よし、これでオッケー！」

最後に全身をスタンドミラーでチェックした。

羽根木さんのアシスタントとして働くことが決まった日、私はその足で父に報告に行った。

『そうか、香月流に……。まあ、仕事が見つかってよかったじゃないか。智明くんにしっかり鍛えてもらいなさい』

アルバイト先が香月流だと聞いて、父はほんの一瞬だけ複雑そうな表情を見せた。それでも、いろいろな思いをのみ込んで、がんばれと背中を押してくれた。

洗面所を出て、キッチンの冷蔵庫から作り置きの麦茶を取り出してグラスに注ぐ。ひと口飲んで、カウンターに置いていた封筒から、もう一度雇用契約書を取り出した。

羽根木さんのアシスタントになることが決まった日、家に帰ってから再度見返した契約書の内容は、やはり驚くほど条件のいいものだった。

羽根木さん自身も言っていたけれど、父のことをずいぶんと考慮してくれている。アルバイトとしての採用とはいえ、給与面や福利厚生も手厚く、新卒の私にはもったいないほどだった。

きっと羽根木さんは、父のことがあるからここまでのことをしてくれたんだ。私を無職の危機から救ってくれた羽根木さんには、いくら感謝しても足りない。そして私は、羽根木さんの心遣いに報いるためにも、アシスタントをやると決めたからには一生懸命やると、その夜のうちに覚悟を決めた。さすがに、初日から役に立てるとは思っていない。それでも、せめて羽根木さんや葛城さんの足手まといにはならないようにしたい。

「そろそろ行かなきゃ」

先日、テレビ局からの帰りに買った生け花の入門書と羽根木さんの著書を鞄に入れ、玄関に向かう。シューズボックスの上の鍵に手を伸ばした時、スマホが鳴った。

……羽根木さんからだ。

「はい、藤沢です」

『おはよう、結月。まだ家？』

「ちょうどこれから出るところです」

スマホを耳と肩の間に挟み、パンプスに足を突っ込みながら答える。こんなに早くなんの用事だろう？

『間に合ってよかった。もう外に出てこれる？』

「えっ、出ていけますけど……きゃっ⁉」

慌てて玄関ドアを開けると、部屋の前に羽根木さんが立っていた。

「おはよう結月。迎えに来たよ」

スマホの画面をタップして、王子様スマイルを見せる。

「は、羽根木さん⁉」

思わず大声で叫ぶと、ちょうど出勤しようとしていた同じ階に住む女性が、何事かとこちらを振り返った。それを見て、慌てて羽根木さんを玄関に引き入れた。

「まさか、部屋に入れてくれるの？　結月って結構大胆……」

「なに言ってるんですか！　羽根木さん、こんなところでなにやってるんですか？」

「なにって、結月を迎えにきたんだけど」

「ああ、迎えに。……って、ええ⁉」

どういうこと？　未来の香月流家元が、どうしてアシスタントの私をわざわざ迎えに来るの？

にっこりと微笑んでいる羽根木さんを見上げてしばらく固まっていると、どうやら口が開いていたらしい。

「……結月、口は閉じなさい」と羽根木さんに顎を押し上げられた。

「ご、ごめんなさい」

「ゆっくり部屋を見せてもらいたいところなんだけど、車を表に止めたままなんだ。

早く行こう」

「はい、すぐに出ます……って。部屋の中は絶対に見せませんよ！」

私が開けっ放しにしていたリビングに続くドアの前に立ちはだかると、羽根木さんは、「なんだ、残念」なんて言って、ぺろっと舌を出した。

わけのわからないまま部屋に鍵をかけ、羽根木さんについてエレベーターに乗る。

エントランスに向かうと、先を歩いていた羽根木さんが私に向かって手招きをした。

「結月、こっち！」

「はい。って……え？」

羽根木さんが指差した方を見て目を見開いた。

マンションの前に止まっていたのは、シルバーのスポーツカー。車のことなんてまったくわからない私でさえ知っている、盾と跳ね馬のエンブレムに思わず腰が引ける。

「どうしたの結月。乗らないの？」

「乗ります、乗りますけど……」

ドアの開け方すらわからなくておろおろとしていると、羽根木さんは助手席側にやって来て、私の手を取りエスコートしてくれた。

「どうぞ」

「ありがとうございます……」

こんなふうに男性に手を取ってもらって、車に乗るなんて初めてだ。しかも私が乗ろうとしているのは、誰もが知る海外ブランドの超高級車。

大丈夫かな？　私の靴、泥とかついてないよね？

車内を汚してしまわないよう恐る恐る足を踏み入れる私を見て、羽根木さんが急にプッと噴き出した。

「な、なんですか？」

「いや、結月ってかわいいなと思って。初々しいというか」

「か、かわいい⁉」

そんなこと、今まで言われたことないよ！

びっくりして目を丸くする私を見て、羽根木さんはクスクス笑う。

「そんなにビクビクしないでよ。汚れたら掃除すればいいんだし、もっと気楽にしてね？」

「は、はい」

「さ、行こうか。葛城が待ってる」

羽根木さんはバタンと助手席のドアを閉めると、運転席に乗り込んだ。

車は順調にすべり出し、それほど大きな渋滞に巻き込まれることもなく、初日の勤務地である香月流の本部へ向かっている。

「あの、迎えってどういうことですか？　私なら電車で通勤できますけど……」

信号が赤に変わったのを見計らって声をかけると、ハンドルを握る羽根木さんが私の方へ視線を向けた。

「俺がそうしたいから。それと帰りも圭吾さんの病院まで送るから、一緒にお見舞いに行こう」

「えっ、帰りも？」

驚く私に、羽根木さんはまたクスリと笑みをこぼした。

「結月になにかあったら、圭吾さんに申し訳が立たないからね。毎日俺が、君を送迎するつもりだよ」

毎日!?　いくらなんでも、羽根木さんにそんなことさせられないよ！

「そんな、そこまでしていただかなくても大丈夫ですよ。羽根木さんにこれ以上迷惑はかけられません」

「迷惑なんかじゃないよ。それに結月、なんだかいろいろ放っておけないし」

横目で私をチラッと見て、またクスクス笑う。

どうしよう。羽根木さんは送迎する気満々だ。

おろおろするばかりでなにも言えずにいると、信号が青に変わり、また車は走りだした。

羽根木さんは、どうして私たち親子にここまでしてくれるんだろう。父との間に、いったいなにがあったの？

羽根木さんからは話そうとしないし、私から聞くのもなんだかはばかられて、本部に着くまでの間、私は黙って窓の外ばかりを見ていた。


青山《あおやま》にある香月流の東京《とうきょう》本部は、十階建てのビルで、香月流会員の活動拠点となっている。

ビルのエントランスを入ってすぐが、花展も開催できるほどの広さがある吹き抜けのロビー。一階奥が、葛城さんも所属している業務統括部門の事務所。二階から四階が、講演会などが行われる大ホールと花展用の展示場で、大ホール前には、生け花用品や書籍・グッズ等を販売するショップもある。五階から八階には一般会員向けの教室や幹部会員研修のための道場や会議室があり、九階には、幹部が生けた季節の作品を見ながらお茶や和菓子を楽しめるカフェまであるという。

そして最上階の十階にあるのが役員フロア。香月流の次期家元である羽根木さんも、そこにオフィスを構えているそうだ。

羽根木さんに案内されながら、物珍しさからついきょろきょろと辺りを見回していると、ロビーに二メートルほどの作品が展示されているのが見えた。季節に合わせ、桜の枝を大胆に使った大作で、見る者を圧倒する。それでいて、咲き始めたばかりの可憐な花々に目を向けると、どこか初々しさも感じる。

社会人初日を迎えた私には、身の引き締まるような思いのする作品だった。

足を止め作品に見入る私に、羽根木さんが声をかける。

「気に入ってくれた？」

「ひょっとして、これも？」

「ああ、俺が生けたんだ。ロビーの作品は、季節に合わせて定期的に入れ替えてるんだ。これは昨日生けたばかりだよ」

「そうなんですね。……とても素敵です」

『いけばな王子』として公に知られている、繊細で落ち着いたイメージの羽根木さんからは、ちょっと想像がつかないほどダイナミックな作品だ。この人の頭の中には、こんな世界が広がっているのか、と改めて感心してしまう。

「どうかした？」

「え？」

「素敵って言ってくれたわりに、結月浮かない顔してる」

朝、家を出るまでは、あんなにやる気に満ちあふれていたのに。

私は、本当についていけるのだろうか。こんなにも才能豊かな、羽根木智明という人に。少しでも羽根木さんの役に立ちたいと意気込んで来たものの、こうして彼の立派な作品を目の当たりにすると、不安が胸に広がってくる。

「羽根木さんみたいに才能あふれる人のアシスタントが、本当に私なんかに務まるのかなって……」

羽根木さんの作品に圧倒され、立ち尽くしていると、羽根木さんが微笑む気配がした。

「なんだ、そんなこと？」

そう言われて、顔を上げる。やわらかい声音とは反対に、羽根木さんは厳しい顔つきをしていた。

「別に俺は、自分に華道家として特別な才能があるとは思っていない。でも作品を見た人になにかしらの感動を与えられるよう、ずっと努力を重ねてきた。それこそ、物心がついた時からね」

世間の人々に羽根木さんが評価されているのは、ルックスやスペックだけでなく、ちゃんと華道家としての実力も備えているからだ。そこに達するまでに、どれほど血の滲むような努力をしてきたのだろう。

「自分に自信がないなら、自信を得られるまでとことんやるしかない。俺は、努力は必ず報われると思ってるよ」

「そう……ですよね」

彼の言葉に、弱気になっていた自分を恥じた。そうだ、やるって決めたのは私なんだから、勝手にプレッシャーを感じてる場合じゃないよね！

「私、少しでも羽根木さんのことを支えられるようにがんばります！」

「うん、期待してるよ」

「はい！」

荘厳な作品の前で、羽根木さんと顔を見合わせ笑みを交わした。羽根木さんは、改めて作品を見上げると、ぽつりとつぶやいた。

「この作品さ、結月へのはなむけのつもりで生けたんだ。……思いのほか、俺は君が来ることを心待ちにしていたらしい」

「えっ？」

……心待ちにって、本当に？

父への恩返しってだけではなく、羽根木さん自身がそうしたくて、私のことを雇ってくれたの？

確かめてみようかと思ったけれど、羽根木さんはなぜか急にぷいとうしろを向くと、私に背中を向けて言った。

「そろそろ行こうか」

「……はい」

それからはあまりしゃべらなくなった羽根木さんと一緒に、エレベーターで最上階の十階まで上がり、フロアの奥へと進む。

「ここだよ。どうぞ」

羽根木さんが重厚な両開きのドアを開けると、立派な革張りの応接セットと、その奥に執務用のデスク、そしてその後方にこれも羽根木さんの作品なのだろうか、生け花作品が飾られていた。

可憐な作品に見とれていると、私たちに少し遅れて、葛城さんがオフィスに姿を現した。

「葛城さん、おはようございます。今日からよろしくお願いします！」

「おはようございます、結月さん。お早いですね」

感心したようにうなずく葛城さんに、慌てて左右に首を振る。

「違うんです、実は……」

「ゆーづき」

羽根木さんが迎えに来てくれたから早かったのだと葛城さんに説明しようとしたら、羽根木さんに遮られた。羽根木さんの方を見ると、口もとに人さし指をあて「ないしょ」と声に出さずに言う。

……あれ、これって葛城さんには知られない方がいい情報なの？

「おふたりとも、どうかなさいましたか？」

「なんでもないよ。さあ、三人揃ったことだし、ミーティングを始めようか」

そう言って私ににっこりと微笑むと、羽根木さんが先にソファの上座に腰を下ろした。「結月さんもどうぞ」と葛城さんに促され、私も羽根木さんの向かい側に腰掛ける。葛城さんは、私の隣に静かに座った。

「まず結月に頼みたいのは、葛城のサポート業務なんだ」

香月流の次期家元である羽根木さんの仕事は、作品の制作はもちろん、香月流の運営をはじめ後進の育成、花展の開催準備や地方支部の視察など多岐にわたる。加えて広報活動の一環としてテレビや雑誌、インターネット番組などのメディア出演、講演、雑誌や新聞等の取材など、一つひとつ挙げていけばキリがない。

「これだけの仕事量をこなして、いったいいつお休みを取られているんですか？」

「完全なオフっていうのはなかなかないけど、そこは葛城がうまくやってくれてる。ゆくゆくはそういうスケジュール調整も、君にやってもらいたいんだ。とにかく葛城の負担を減らしてやりたい」

たしかにこれだけ幅広い仕事内容をサポートするのは、葛城さんひとりでは大変だろう。今までどうやってきたのか不思議だけれど、それだけ葛城さんが優秀ということなんだろう。

「早速今日から俺の仕事に同行して、少しずつでもいいから葛城の仕事内容を把握していって」

「結月さん、こちらが智明様のスケジュールです。後ほど目を通しておいてください」

「はい」

葛城さんから受け取ったスケジュール表は、半年先までびっしりと埋まっていた。

「とりあえずこんなものかな。結月、なにか質問はある？」

「今のところは、特にありません。でも、疑問や質問が出てきたら、その都度聞かせていただいてもいいですか？」

「もちろん。わからないことがあったらなんでも聞いてね。遠慮はいらないから」

「ありがとうございます」

お礼を言ったところで、葛城さんのスマホが鳴った。急用らしく、葛城さんが慌てて席を立つ。

「申し訳ありませんが、私は先に事務所に戻ります。結月さん、智明様とのお話が終わられたら、事務所までいらしてください」

「わかりました」

葛城さんは羽根木さんに一礼すると、スマホで会話をしながら出ていった。扉が閉まり、葛城さんが完全に出ていったのを確認してから、私は口を開いた。

「羽根木さん、お願いがあるんですが……」

「なに？」

「実は、送迎の件なんですが」

「うん」

「やっぱりお断りさせてください」

「……どうして？」

私が頭を下げると、羽根木さんがわけがわからないというふうに首をかしげるのが目に入った。葛城さんが置いていったスケジュール表を、羽根木さんに突きつける。

「こんなに忙しいのに、私の送迎もなんて無理ですよ。そんなことしていたら、羽根木さんが体を壊してしまいます」

「俺なら平気だよ」

「私が平気じゃないです！」

つい大きな声が出てしまった私を見て、羽根木さんが目を丸くする。

「それに、もし葛城さんにバレたりしたら、羽根木さんが怒られちゃうんじゃないですか？　だから葛城さんには内緒って言ったんでしょう？」

葛城さんだって、羽根木さんに無理はさせたくないだろうし。人気者の羽根木さんが毎日同じ場所に現れて、この先大騒ぎにならないとも限らない。

「でも、あれは譲れないよ」

ぼそっと言うと、羽根木さんは腕を組んで不機嫌さをあらわにする。

「考えたくはないけど、通勤時に君になにかあったりしたら圭吾さんに申し訳が立たないよ。そういうことを未然に防ぐためにも、仕事への行き帰りは俺が送る」

「そんな！」

いくら父に恩を感じているからって、それって、かなり過保護な発想なんじゃないかな？　やっぱり羽根木さんのような育ちのいい人は、考え方も独特なんだろうか。

だからといって、羽根木さんの雰囲気にのまれちゃダメだ。ここははっきり断らなくちゃ。

「アシスタントの私が、羽根木さんに毎日送り迎えしてもらうなんて変ですよ。それに、社会人になったのに、こんなに羽根木さんにおんぶにだっこじゃ、ダメだと思うんです！　羽根木さんは、私の成長の機会を奪うつもりですか？」

「そんなつもりは」

「ですよね？」

「……わかったよ」

私がまくし立てると、羽根木さんは渋々といった感じでうなずいた。

「でも、俺に時間がある時は送らせて。せっかく再会したんだ。たまにはご飯食べに行ったりしようよ。一緒に圭吾さんのお見舞いにも行きたいし」

「まあ、そういうことなら」

私も、もっと羽根木さんといろいろ話してみたいし、羽根木さんがお見舞いに行けば、父も喜ぶと思う。

そういえば、結局父と羽根木さんの間に、過去になにがあったのか、私は知らないままだ。

「羽根木さん、父との間にいったいなにがあったのか、聞かせてはもらえませんか？なにも知らないまま、これ以上羽根木さんによくしてもらうのは心苦しいんです」

「それは……」

話すべきか迷っているのか、私を見る羽根木さんの瞳が揺れている。ほんの少しの沈黙ののち、彼はゆっくりと口を開いた。

「……わかったよ。話してなくてごめん。ずっと気になってたよね」

私の思いが通じたらしい。羽根木さんは気持ちを落ち着けるように、深くため息をついた。

「でも、困ったな。今ここで簡単に話せるような内容じゃないんだよ。……そうだ、今度時間をつくるから、一緒に食事に行こう。そこでゆっくり話そうよ」

「え、でも……」

私からお願いしたのだけど、そのためにわざわざ時間をつくってもらうのは悪い気もする。

「羽根木さんお忙しいのでは？」

「食事の時間くらいどうにかできるよ。結月の歓迎会も兼ねて、どう？」

そういうふうに言われると、さすがに断ることはできない。

「わかりました。それじゃあ、葛城さんも一緒に？」

「いや、悪いけど、できれば葛城は抜きでふたりで話したい」

真剣な面持ちで、きっぱりと言う。しかも、あまり人には聞かれたくない話らしい……。

「……わかりました」

「よかった。スケジュールの確認が取れたら、俺から連絡入れるから」

「はい、ありがとうございます」

「それじゃ、また後でね。初日がんばって」

羽根木さんにバイバイと手を振って見送られ、私は羽根木さんのオフィスを後にした。

羽根木さんは、その週のうちに時間を作ってくれた。

金曜日の少し遅い時間。羽根木さんに連れられやって来たのは、郊外にある老舗の料亭だった。いかにも高級な雰囲気に気後《おく》れしそうになる。

「そんなに緊張しないでいいよ。俺も子どもの頃から通わせてもらってるんだ。気心知れた店だから」

こんな高級料亭に、子どもの頃から？　やっぱり羽根木さんと私じゃ、住む世界が違う。

個室に通され、緊張を少しのお酒でほぐして、夢のように美しい料理の数々に舌鼓を打った。

「どう？　結月の口に合ったかな」

「どれもこれも、本当においしいです」

「たくさん食べて。なんなら俺の分も」

だけど私は、羽根木さんの目が意地悪く光ったのを見逃さなかった。

「嫌ですよ。そんなこと言って、本当に食べちゃったら、またからかうつもりでしょう？」

「あれ、なんでわかったの？」

「……羽根木さんって、人前では本当に上手に本性隠してますよね」

「お褒めの言葉ありがとう」

「褒めてませんから」

ふたりで話していると、ポンポンと会話が弾む。でも、なかなか肝心の話にならないな……と思っていると、「デザートを食べたら庭に出ないか？」と羽根木さんに誘われた。


「わぁ、綺麗」

中庭には、個室から直接出られるようになっていた。誰にも会うことなく、月明かりが水面を照らす池の前に出る。咲き終わりの桜の花びらが、夜風に吹かれはらはらと落ちた。

「寒くない？」

「いえ、気持ちいいです」

アルコールで火照った頬に、夜風があたって気持ちいい。

「あそこに座ろうか」

「はい」

羽根木さんに連れられ、池の奥にある東屋のベンチに並んで腰掛けた。少しの沈黙の後、羽根木さんは静かに話し始めた。

「……結月は俺に両親がいないことを知ってる？」

「はい。ひょっとしたらそうなのかな、とは思っていました」

香月流について調べた時、次期家元である羽根木さんと、現家元の幽玄様の情報しか出てこなくて、おかしいなとは思っていた。

本来ならば、羽根木さんより先に、まず羽根木さんのお父さんが家元を継承するはず。なんらかの理由で継承権を羽根木さんに譲ったのだとしても、香月流ほど大きな流派でありながら、幽玄様の実の息子であるお父さんについての記録がなにも出てこないのはさすがにおかしい。

「俺の父は建築が専門の研究者だった。圭吾さん……結月のお父さんとは学生の頃に知り合って、そのまま同じ大学で研究者になった。専門の分野は違ったけれど、お互いに一番信頼していた親友だったって、圭吾さんから聞いているよ」

「……そうだったんですか」

たまたまなのか、なにか父に思うところがあったのか。今となってはわからないが、羽根木さんのお父さんのことをこれまで父の口から聞いたことはなかった。

「父も俺同様、いやそれ以上に幼い頃から香月流の跡取りとして、祖父に厳しく躾《しつ》けられた。いずれ香月流を継ぐことを条件に、唯一大学在学中だけは華道とは関係ない好きな学問を学ぶのを許されたそうだ」

そこまで話すと、羽根木さんは少し遠い目をして、「実は俺もそうだったんだよ」と苦笑交じりにこぼした。

たしか羽根木さんは、首都圏の有名私立大学で建築学を専攻していたはずだ。なぜ華道の家元の道が約束されていながら建築学を専攻したんだろうと不思議に思っていたけれど、そういう理由があったんだ。

「父もなんとか研究を続けたくて大学院まで進学したそうだけど、祖父の命令で中退して、羽根木の家に戻されたんだ。結婚もして、跡を継ぐ準備も始めた。でもある日突然、なにもかも捨てて羽根木の家を飛び出していった」

「……そんな」

「生まれた時から香月流を継がされることが決まっていて、がんじがらめの生活に心底嫌気が差したんだろうね。研究への未練もあったみたいだし」

「でも、奥様……羽根木さんのお母様は？　すでに結婚されてたんですよね？」

家庭のある人が、そんなに簡単に家を捨てられるものだろうか。

「母とは親同士が勝手に決めた見合い結婚だったそうだよ。もちろんお互いに愛情なんてない。母の存在は父を羽根木の家に縛りつけるほど重いものじゃなかったんだろうな」

そこまで言って、羽根木さんは膝の上に置いていた両手をぐっと握りしめた。

「家を出るまで、父はなにもかも祖父の言いなりだった。結婚直後から早く跡継ぎを儲けるよう祖父から急かされていたみたいだから、きっと仕方なしに。……そして、今俺がここにいる」

「羽根木さん、もう……」

つらいなら、もうこれ以上話さなくていい。そう言おうとしたのに。

「俺はただ、羽根木の血を絶やさず、香月流を継がせるという目的のためだけに、愛のない両親から生まれた子なんだよ」

自嘲するような薄笑いを浮かべたかと思うと、羽根木さんはグッと唇を噛みしめた。

自分のことをそんなふうに言うなんて。羽根木さんがこれまでひとりで抱えてきたものを思うと、胸が張り裂けそうになる。

でも、たとえ愛情のない、家を守るためだけの結婚だったとしても、自分と血がつながった子を置いて出ていってしまうなんて、私にはどうしてもやっぱり腑に落ちない。

「あの……羽根木さんのこともあるのに、お父様はどうして家を出てしまわれたんですか?」

「母の妊娠が発覚したのは、実は父が家を出た後なんだ。たぶん父は、今でも俺の存在すら知らないよ」

……まさか、そんな悲しいことがあっていいの?

ごくりと唾をのみ、なんとか震える声を絞り出した。聞いている私の方が、つらくて泣いてしまいそうになる。

「……それで、お母様はどうされたんですか?」

「母は俺を羽根木の家に残すことを条件に、祖父から父と離縁することを許された。母は母で想い人がいたのに、その相手と無理やり引き裂かれ、羽根木の家に嫁がされたそうだよ。今はその人と結婚して子どももいる」

ということは、少なくともお母さんの居どころはわかっているのだ。それなのになぜ羽根木さんは『両親がいない』なんて言い方をするんだろう。

「お母様とは、会っていらっしゃらないんですか?」

「会ってない。祖父にバレたら大事《おおごと》になっていただろうし。……それに愛のない結婚でできた子どもがのこのこ出ていっても、母にとっては迷惑でしかないだろう?」

「そんな、迷惑だなんて……」

首を横に振る私を見て、羽根木さんがふっと微笑んだ。悲しげな瞳から、目を逸らせない。

「母は羽根木家のせいで、人生を狂わされそうになった。やっと母が掴んだ幸せを、壊したくなかったんだ……」

「羽根木さん……、あなたは子どもの頃からこんなふうに自分の心を殺して、両親の幸せのために全部我慢してきたんですか？」

「え……？」

「あなたは、優しすぎます」

「結月、君って子は……」

羽根木さんは、一度大きく目を見開くと、なにかを噛みしめるようにゆっくりと目を閉じた。

自分を置いて出ていってしまったとはいえ、実の両親に会いたくなかったはずなんてない。羽根木さんが大学で建築を専攻したのだって、心のどこかで、お父さんのことを思っていたからじゃないの？

それに、お母さんだけじゃなく、お父さんのことだって、自分で捜そうと思えば捜し出せたんじゃないのかな。

それなのに羽根木さんがそうしなかったのは、おそらく、香月流から離れたいと思ったお父さんの意志を尊重したからだ。お母さんのことだってそう。居場所がわかっているなら余計に、会いたいと思わないはずがない。

相手を思うあまり、自分のことはなおざりになっている。それじゃあひとり残されてしまった羽根木さんは、どこに感情をぶつければいいの？　羽根木さんは、いったい誰に救いを求めてきたんだろう？

「そんなふうに言ってくれたのは、圭吾さんだけだったな……」

「父が？」

「そうだよ。やっぱり君は圭吾さんの子だね。強くて、優しい」

羽根木さんは寂しそうに微笑むと、片手を私の頭にのせた。

「ずっと、孤独だったけど、圭吾さんと……結月、君の存在が、俺の唯一の救いだった」

昔のことを思い出しているのだろうか、羽根木さんは愛おしむように、私の髪をなでる。

「私も？」

「……ああ、そうだよ。それなのに、再会した君はあの頃のことだけじゃなく、俺のことまで忘れてしまっていて」

苦しげに顔をしかめると、羽根木さんはそれまでよりも数段低い声で、絞り出すように言った。

「俺がどんなに落胆したか、君にわかるか」

「えっ？」

羽根木さんの真剣な表情に、胸が大きく音を立てる。

『初恋の君』なんて冗談めかして言って、さんざんからかっていたのに。これが羽根木さんの本心なの？

なにも言えずに羽根木さんを見つめ返していると、髪をなでていたはずの手がいつの間にか私の腕を掴み、ぐいっと引っ張った。

「……は、羽根木さん？」

気づいた時には、私は羽根木さんの腕の中にいた。

「あ、あの、離してくださ……」

「嫌だ」

きっぱりと言うと、私を抱く手に力を込める。

なんとか抜け出そうと身をよじっても、彼は離してくれなかった。

「お願いだよ結月。昔のことを思い出して。あの頃みたいに、君も俺のこと……」

くぐもった切なげな声に、胸がギュッと締めつけられる。

恥ずかしさでどうにかなりそうだったけれど、どんなにあがいても、彼の拘束は解けそうにない。私は、彼の腕の中から抜け出すのをあきらめて、そっと目を閉じた。

彼の鼓動と体温を全身で感じる。

この温かさを、私は知っている。そんな気がした。

羽根木さんは、私と父のことを心の支えにしてくれていた。

それなのに、私はなぜ彼のことを忘れてしまったんだろう。

寂しい気持ちを無理やり押し込めて、たったひとりで香月流の後継者として過ごしてきた羽根木さんのことを思うと、胸が痛くなる。

「……忘れてしまって、ごめんなさい」

「謝るくらいなら、思い出して。……それが無理なら、また俺のこと好きになって」

「えっ？」

弾かれたように顔を上げると、羽根木さんはようやく私の体を離した。

「それってどういう……？」

見上げた羽根木さんの表情はとても真剣だった。その瞳が、ふいに翳《かげ》る。

「……悪かった。今言ったこと、忘れて」

ふいと顔を背けて、ベンチから立ち上がる。

「そろそろ行こう。送るよ」

「……はい」

感情のこもっていない羽根木さんの声に、さっきまでふたりを包んでいた空気が急速に冷めていくのを感じた。

来た時のように並んで歩くことはもうなく、先に行ってしまおうとする羽根木さんを、私は必死に追いかけた。


「送ってくださってありがとうございました」

「……ああ」

タクシーから降りて、後部座席に座っている羽根木さんに頭を下げた。

「遅くなって悪かったね」

「いえ、お食事とてもおいしかったです。ごちそうさまでした」

「……それじゃ、また来週」

「はい、おやすみなさい」

窓が閉まって、タクシーがゆっくりと発車する。車が見えなくなるまで見送って、家に入った。

『――今言ったこと、忘れて』

あの後、羽根木さんは急に言葉少なになった。

ただ照れていただけなのか。それとも、勢い任せに変なことを口走ってしまったと、後悔していたのか……。

『また俺のこと好きになって』

どうしてあんなこと言ったの、羽根木さん。からかわれただけ？　それとも……。

目を閉じれば、羽根木さんの切羽詰まったような表情が、脳裏に浮かんでくる。

「忘れてって言われたって、忘れられるわけないじゃない！」

シャワーを浴びて濡れた髪のまま、ベッドにダイブする。帰りも遅くなっちゃったし、一週間分の疲れできっとすぐに寝ちゃうだろう。そう思ったのに。

ぐるぐるぐるぐる。忘れるどころか、羽根木さんのことが頭の中を回って、私はなかなか眠りにつくことができなかった。

翌日、土曜日。早起きして、仕事を始めてついついおろそかになっていた家の掃除をやって、昼ご飯を食べたらすぐ父の病院に行くつもりだったのに。

「嘘でしょ？　もうこんな時間！」

昨夜の寝不足がたたったのか、つい二度寝をしてしまった私が目を覚ました時には、午後二時を回っていた。

急いで起きて、ざっと家中に掃除機をかけ、洗濯機を回しながら朝食兼昼食の冷凍パスタを食べる。

電車を乗り継いで、父の病院へ着いた時には、もう夕方が近かった。

「なんだ、遅かったな」

「ごめん、ちょっと寝過ごしちゃって」

「結月らしくないな」と笑う父に、「へへ」と笑って頬をかいた。

「仕事、大変なのか」

「うーん、まあね」

『今日私が寝過ごしたのは、仕事のせいだけじゃないけどね……』心の中でつぶやいて、寝坊の原因になった羽根木さんの顔を思い浮かべる。

「わあっ！」

ついでに昨夜の出来事まで思い出してしまって、ぶんぶんと何度も頭を横に振った。

「……結月、本当に大丈夫なのか？　そんなに仕事がきついなら、無理して毎日見舞いに来なくてもいいんだぞ」

「違う違う。仕事で失敗したこと思い出しちゃって」

急に挙動不審になった私を、父が怪訝な顔で覗き込む。さすがに父には、昨夜羽根木さんとの間に起きたことは教えられない。私は必死にごまかした。

「早速失敗してるのか？」

「そんなにたいした失敗じゃないから大丈夫」

心配そうに私を見つめる父に、なんとか安心させようと笑顔を見せる。

「どうだ、やっていけそうか？」

「うーん……」

アシスタントとしての仕事の全貌は、まだ全然掴めていない。それでも、とにかく大変そうだということだけはわかる。

今日改めて羽根木さんのスケジュール表を見直してみたのだけれど、びっくりするほどの忙しさなのだ。

そして、この量を今まで葛城さんひとりでサポートしてきたという事実にも驚かされてしまう。

　さらには葛城さん自身も、香月流の師範として教室を持ったり、作品を発表しているということだった。いったいどうやって時間のやりくりをしているのか、私には見当もつかない。

「でも、やると決めたからにはがんばるよ。羽根木さんの役に立ちたいし」

「結月ならできるよ」

「うん、ありがとう」

　父の励ましに、ポッと胸の中が温かくなる。

　私が生まれた時からあたり前のように享受してきた家族の温もりを、羽根木さんは知らなかったんだな。父のこの優しさは、羽根木さんにとってはひと筋の光だったのだろう。

「父さんと羽根木さんのこと聞いたよ。……大変だったんだね」

「ああ、結月には彼のことをなにも教えていなかったからね」

　私は羽根木さんと会っていた頃のことをはっきりとは覚えていない。たぶん幼い私にとって、彼はたまに会いに来てくれる優しいお兄さんだったのだろう。遊んで、一緒にごはんを食べて、次会う約束をして。

そして幼いながらも、私は彼との未来を夢見ていたのだ。

誰もが経験する、幼く拙い初めての恋の相手。それが今の私が知る、羽根木さんのすべて。

でもそれは、彼のほんの一部でしかなかった。

「父さんさ、親友として、智明くんのお父さん——羽根木を止められなかったことに責任を感じていたんだ。それで、羽根木が失踪した後、ヤツの父親に会いに行ったんだ」

「幽玄様に？」

「ああ、追い返されるのを覚悟でね。でも、そうされなかった。羽根木のことをなんとしてでも捜し出したいから、手伝ってほしいって、逆に頭を下げられたよ」

父が『羽根木を捜し出して、また無理やり跡を継がせようとするのであれば、協力はできない』と言うと、幽玄様は『それはしない』と父に誓ったのだそうだ。

「その時、羽根木の奥さんが身ごもっていることを聞かされたんだよ。子どものためにも、羽根木を見つけ出したいって。父さんも方々手を尽くしたけど、当時はどうしても見つけられなかった」

「羽根木さんのお母さんはどんなふうだったの」

「奥さんか。羽根木の実家で何度か見かけたけど、ボーッとしていることが多かったな。夫がいなくなったというのに騒ぎもしなければ、お腹の子どものことに一生懸命になるふうでもない」

羽根木家に嵐が吹き荒れている時も、羽根木さんのお母さんの心には、ほかの人のことがあったのだろう。そして羽根木さんのお母さんは、羽根木家を出てほかの人と結婚した。

最悪な結果にはなったけれど、父も、幽玄様も、羽根木さんのために走り回った過去があったのだ。

「羽根木さんが、幽玄様はとても厳しい人だって言ってたけど……」

「香月流を守るためだけに生きているような人だからね。智明くんに跡を継がせるため、あの人なりに必死だったんだろう。気持ちはわからなくはないんだが、やっぱりかわいそうでね。父さんも智明くんのことを放っておけなかったんだ」

それで父は、羽根木さんの父親代わりのようなことをしてきたんだ。

羽根木さんが抱えてきた孤独を知った今となっては、彼のそばに父がいてくれて、本当によかったと思う。

「羽根木さん、私と父さんのことをずっと心の支えにしてたって言ってた」

「そうか……」

ベッドの上で、父は昔に思いを馳せているのだろう。ふっと息を吐くと、やわらかく微笑んだ。

「しかしもどかしいな。俺の方からも智明くんに会いに行きたいのに、体がこんなで」

毎日のリハビリの甲斐あって、父の体は順調に回復してきているけれど、まだ退院には至らない。

「父さんの代わりに、私が羽根木さんの力になれるようがんばるから。父さんは体を治すことに専念して」

「ありがとう結月。智明くんのことくれぐれもよろしく頼むな」

窮地から私を救ってくれた羽根木さんのために、できることならなんでもしよう。父と話して、私はまた気持ちを新たにした。

あなたを知るほどに

初出勤の日から二週間ほど経った四月中旬。私は羽根木さん、葛城さんと数名のお弟子さんたちと共に、世界に名を轟かす老舗ファッションブランド、『ルトロワ』の銀座《ぎんざ》本店に来ていた。

ルトロワ銀座本店は数日後にリニューアルオープンを控えており、商品の搬入作業やパーティーの準備をする人たちでごった返している。今回香月流は、パーティー会場や店舗内の装花の依頼を受けていた。

ルトロワはイタリアに本社を置く、世界有数のファッションブランドだ。

なんでもそこの会長が幽玄様と旧知の仲らしい。

「以前パリコレクションでご一緒されたのがお知り合いになったきっかけだとか。幽玄様との出会いをきっかけに、当社の会長も日本文化にずいぶん傾倒したようですよ。フランスのご自宅に茶室までつくられたり」

それ以降、日本国内の店舗で大きなイベントを行う際は、必ず香月流に装花をオーダーすること、と暗黙のうちに決まっているらしい。そう教えてくれたのは、このブランドのプレス担当、松原千紗都《まつばらちさと》さんだ。

モデルかと見紛うほどの長身美女で、私なんかじゃ一生かかっても手が届かないようなラグジュアリーブランドのスーツをさらりと着こなしている。いかにも「できるオンナ」という感じで憧れてしまう。

「それにしても、羽根木様が女性のアシスタントを連れていらっしゃるなんて驚きました」

「え、今までいなかったんですか?」

花を扱う生け花といえば、私にとっては『女性がたしなむもの』というイメージが強かった。だから羽根木さん側のスタッフにも当然女性がいるものと思っていたのだけれど。

「羽根木様って、とても魅力的な方でしょう?　しかも国内外に多数の支部を持つ一大流派の御曹司でいまだ独身。どんな伝手を使ってでも藤沢さんのポジションに入り込みたいって女性は数えきれないほどいるはずです」

「私のポジションというと?」

「仕事を通じてお近づきになって、うまくいけば……ってことです。今はそういう方は、葛城さんが事前に察知して、はねのけていらっしゃるみたいですね」

「はぁー、さすが。葛城さんってやっぱり優秀な秘書さんなんですね」

私が目を丸くして感心すると、松原さんはふふ、と優しく微笑む。

聞けば、過去に女性のアシスタント同士が羽根木さんのことを取り合って、泥沼のトラブルに陥ったこともあったそうだ。

「まぁ、羽根木様のまったく知らないところで、勝手にアシスタントさん同士が暴走してしまったってことらしいんですけど」

「そんなことまで……」

「その時は葛城さんが間に入られて、うまく解決されたようですけど……。それ以来、少なくともルトロワにいらっしゃる時に、羽根木様が女性スタッフを連れていらっしゃるところはお見かけしたことないですね」

松原さんによると、羽根木さん自身はもちろん、香月流の知名度や財力に惹かれて言い寄ろうとする女性も多いため、仕事場に限らず、羽根木さんは特に女性関係には慎重になっているふうだという。

「藤沢さんも気をつけてくださいね。女性ってほら、結構怖いとこあるから」

「えっ⁉」

あっ、そうか！　羽根木さんのそばにいるだけで、ただのアシスタントである私も、やっかみの対象になり得るってことなんだ。ということは……？

「……ひょっとして、松原さんも？」

私が聞くと、松原さんは「実は」とうなずいて苦笑いをこぼした。

「お恥ずかしい話、私は社内の人間からのやっかみがすごかったんです。これだけ人気のある方ですもの。隙あらば羽根木様とお近づきになりたい、羽根木様の担当を私から奪い取ってやりたいという人間も多くて」

女性の多い職場だし、こう見えて松原さんも、かなりの修羅場をくぐってきたんじゃないだろうか。

「それは……大変そうですね」

「そうでもないと言ったら嘘になりますが……。でも、もう慣れちゃいました。意地悪に対する耐性もついたし、私も強くなりましたから」

そう言って、肩をすくめてみせる。

「……き、気をつけます」

「羽根木様や葛城さんが守ってくださると思うし、そんなに怖がらなくても大丈夫ですよ」

自分の身の危険を感じて身震いする私を見て、松原さんはからっと笑う。

今日出会ったばかりの私に、こんなアドバイスまでしてくれるなんて。松原さんは優しくて格好よくて、本当に素敵な人だ。彼女の隣に、量販店のスーツ姿で立っている自分のことが急に恥ずかしく思えてきた。

それにしても、ただのクライアントにしては、松原さんは羽根木さんや葛城さんのことにずいぶん詳しい気がする。ふたりがそんな内情をペラペラ松原さんに話すとは思えないし。どうしてなんだろう……。

なんとなく引っかかって、羽根木さんの方へと視線を移した。中央のスペースでは、もうずいぶん長い時間、わざわざ石垣島《いしがきじま》から空輸したという大きな流木を前に羽根木さんや葛城さん、数名のお弟子さんたちが格闘していた。

普段はスーツ姿で秘書業務に徹している葛城さんも、今日はラフなスタイルで羽根木さんと共に作品の制作に携わっている。

私はというと、ずっとそばで制作の様子を見守っていた。下手に手出しをしても、邪魔になるだけだと思ったからだ。そして、作業を見守っているうちに、羽根木さんと葛城さんの息が驚くほど合っているということに気がついた。

羽根木さんが口に出すより少し早く、絶妙なタイミングで葛城さんは花材を選定して羽根木さんに手渡していた。それに、少しの会話で羽根木さんの意思をくみ取り、作業がスムーズに進むよう、葛城さんが先手を打ってお弟子さんたちに指示を出していた。

私もいずれはあの現場に入り、本来のアシスタントとしての役割をまっとうしなくてはならないのだ。

私も早く、作品制作に関わりたいという気持ちと、まだまだ勉強が足りない、もっと実践経験を積まなくてはという焦りが心の中で拮抗する。

羽根木さんたちがひと息ついたのを見計らい、松原さんに「ちょっと失礼します」と断って、私は用意してきたタオルの入った紙袋とクーラーボックスを担いで駆け寄った。

「お疲れさまです、羽根木さんお茶いかがですか？」

「ありがとう、藤沢。助かる」

よほど喉が渇いていたらしい。羽根木さんは私から笑顔でペットボトルを受け取ると、喉を鳴らしてお茶を飲んだ。

あらわになった喉ぼとけが上下に動いて、思わず目が釘づけになる。タオルで額に浮かんだ汗をぬぐうその仕草がやけに色っぽく思えて、ドキッとした。

「どうかした？」

「えっ？」

「俺の顔になにかついてる？」

「なんでもありません。すみません！」

無意識のうちに、羽根木さんに見とれていたらしい。慌てて葛城さんやお弟子さんたちの分のお茶を取り出していると、背後でくすっと笑う声が聞こえて、恥ずかしさのあまり体がカッと熱くなった。

『謝るくらいなら、思い出して。……それが無理なら、また俺のこと好きになって』

ふたりで食事をした夜、あんなことを言っていたくせに……。

真面目に仕事をしているかと思えば、思い出したかのように私をからかったり意地悪をしたり。

『――悪かった。今言ったこと、忘れて』

そう言ったとおり、羽根木さんの態度は今までと変わりない。いったいどういうつもりで、羽根木さんはあんなことを口にしたんだか。やっぱり、からかわれただけなのかな。

「……忘れてって、忘れられるわけないじゃない」

仕事に集中しなければならないのに、あの夜の羽根木さんの言葉が隙あらば私の頭の中でリピートされる。妙に気になって、気がついたら彼の姿を目で追っていることも増えた。

「このまま休憩に入ろうか。俺が声をかけるまで、みんな自由にしてて」

「羽根木様、こちらへどうぞ」

羽根木さんが周囲に声をかけると、すかさず松原さんが椅子を用意してくれる。しかし彼は松原さんの顔を見ると、一瞬嫌そうに顔をしかめた。

「千紗都、いいかげん俺の名字にわざとらしく様付けて呼ぶのやめてくれる？　おまえにそう呼ばれるのむずがゆい」

「そんなこと言ったって、香月流の次期家元をみんなの前でくん付けにできるわけないじゃない」

「嘘つけ。おもしろがってるだけだろ。見え見えなんだよ」

「あら、バレてた？」

あれっ？　羽根木さんと松原さんってやっぱり知り合いなの？　この距離感は、仕事上だけの付き合いって感じじゃないよね……。

「あの、おふたりの関係って……」

「あら、羽根木くんたら言ってなかったの？　私たち大学の同期でサークルも一緒だったんですよ」

「ちなみに私も同じサークルです。学年は私の方がふたつ上ですが」

それまで静かにお茶を飲んでいた葛城さんが口を挟んだ。

「三人わりと気が合って、学生時代は一緒にいることが多かったんですよ。まさか就職してからもこんなに縁があるとは思ってなかったけど」

「ねぇ？」と言って松原さんがかわいらしく首をかしげる。

「まぁ、そうだな」

羽根木さんは葛城さんと視線を合わせ、優しく微笑んだ。

羽根木さんと葛城さんとパーフェクト美人の松原さん。この三人が常に一緒にいるところを想像するだけで、神々しすぎて目眩《めまい》がしそうだ！

「ああ、やっぱり葛城さんの方が年上だったんですね」

にしては葛城さんは羽根木さんに絶対服従って感じだから、実際のところはどうなのかなって思っていた。

「羽根木くんって、昔から人前では琉斗さんには偉そうだったものね。琉斗さんもああ見えて、仕事の時は羽根木くんに従順だし。判断に迷うわよね」

「またそんなことを。彼女が本気にしちゃうだろ。葛城は自分の職務をまっとうしてるだけだよ。一度仕事の場を離れたら、お互いもっとフランクだよ。俺のことだって呼び捨てだし」

羽根木さんと葛城さんも、オンとオフではそんなに切り替わるんだ。羽根木さんのことを呼び捨てにする葛城さんを、ちょっと見てみたい気もする……。

きっとこの三人、昔から周囲が見ていてうらやましくなるほど仲がよかったんだろうな。そして、昔なじみらしく軽口をたたく羽根木さんと松原さんの様子を見ていて、合点がいった。

さっきのアドバイスは、おそらく松原さん自身の体験からくるものなんだろう。目立つふたりに挟まれて、松原さんも周囲から嫉妬交じりのちょっかいを出されることがあったのかもしれない。でも羽根木さんと葛城さんが、周囲のやっかみから松原さんを上手に守ってきた。そして松原さんも、自分がふたりに大事にされていることをちゃんとわかっていて……。

羽根木さんも、松原さんのこと大事にしているんだな。でもそれは、ただの友人としてだけ……？

なぜだろう。三人の輪から一歩はずれたところで、和気藹々《あいあい》と話す羽根木さんと松原さん、それを静かに見守る葛城さんを見ているとピリッと胸が痛んだ。

自分の胸に手をあてて、首をかしげる。この胸の痛みは、なに？

そんなことを考えていると、松原さんのスマホが鳴った。

「ああ、部下からだわ。ごめんなさい、私はいったん失礼しますね」

「いろいろとありがとうございました」

ぼうっとしているところに松原さんに声をかけられ、慌てて頭を下げた。

「こちらこそ。それじゃまた後で」

「ああ」

羽根木さんが片手を上げると、松原さんは、にこやかに手を振りながら去っていく。

「智明様、私は一件電話をかけてきます」

「わかった。もう少ししたら、作業を再開しよう」

葛城さんも席をはずしてしまい、私と羽根木さんは会場の隅に取り残された。

「葛城も行っちゃったし、結月も座ったら？」

「……そうですね、失礼します」

立てかけてあったパイプ椅子を広げ、羽根木さんの隣に腰掛けた。「結月もひと息入れなよ」と羽根木さんがお茶を一本手渡してくれる。

「松原さん、素敵な方ですね。同じ女性として、憧れてしまいます」

「そう?」

「そうですよ。気さくで誰からも頼りにされてそうだし。それに、ルトロワのスーツをさっそうと着こなしていてかっこいいです」

素っ気ない返事のわりに、友人を褒められて悪い気がしないのか、羽根木さんはうれしそうな顔をしている。遠ざかる松原さんのうしろ姿を見ながらため息をついていると、羽根木さんがちらっと私の全身を眺めて言った。

「……そういう結月は、いつも同じような格好してるよね」

羽根木さんの指摘の通り、今日も私はグレーのパンツスーツを着ている。実は先週末、新たにひと揃え買い足したのだ。

「失礼を承知で言うけど、あまり服を持っていないとか……?」

「違うんです!」

父の入院費のこともあるから、羽根木さんは心配して言ってくれているのだろう。これ以上変に気を使わせまいと、勢いよく首を振る。

「就職前に通勤用の服を揃えたんですけど、私はわりと、ガーリーな服が好きで。手持ちのものはカラフルなものが多いんです。でもそんな服じゃ現場を動き回ったりできないし、それにそういう服を着ていたら、花を扱う羽根木さんのことを視覚的に邪魔してしまう気がして」

「それで、色味を抑えた服ばかりを？」

「どんな現場に行くことになるかわからないし、失礼のない格好で、かつ機敏に動けるものとなったらこれになっちゃうんです」

「なるほどね……」

私が言うと、羽根木さんは顎に手をあて考え込むような仕草をした。生け花のことなんてまだなにも知らない素人なのに、余計な気を回しすぎだっただろうか。

「こういう格好では、かえって見苦しかったでしょうか？」

「いや、そうじゃなくて」

向かい合って私をまじまじと見る羽根木さんに、居心地が悪くなる。

「結月なりにいろいろ考えてくれてるんだなって、感心してたんだ。やっぱり結月はこういう仕事向いているのかもしれない」

「……え？」

「そうやって周囲に気を配って自分から動けるのは、ひとつの才能だよ」

そう言って、優しく笑う。その笑顔に、目頭が熱くなる。

ちょっとは私、認めてもらえたのかな。だとしたら、すごくうれしい。

「そうだ」

ひそかに感激していると、羽根木さんが制作途中の作品を指差した。

「結月はさ、あの作品を見てどう思う？」

「えっ、作品ですか？」

急に振られて、面食らってしまう。

「そんな、まだまだ勉強不足なのに、偉そうに感想なんて言えません……」

「そんなことない。鑑賞する側としての意見を作者に聞かせるのも、アシスタントとしての立派な仕事だと思うよ。難しいことは考えなくていいから、思ったままを聞かせてみてよ」

そこまで言われると、嫌とは言えなくなる。私は椅子から立ち上がって作品の前まで行くと、周りをぐるぐる回って観察してから、羽根木さんのもとへと戻り口を開いた。

「えーっと、羽根木さんが流木にお花を生けるとモノクロの世界に新しい命が芽吹くみたいで、見ていてワクワクします」

私のコメントなんて、たぶんこれ以上にないほど稚拙なものだったと思う。しどろもどろになりながら、それでも精いっぱい言葉を尽くして自分が感じたことを伝えると、羽根木さんは弾けるような笑顔を見せた。

「ワクワクする、か。いいね」

「え？　うわっ⁉」

羽根木さんがいきなり持っていたタオルを私の頭にかけたかと思うと、タオルごと私の頭をぐしゃぐしゃにした。

ひょっと照れ隠し？　でもまさか、羽根木さんがこんなことするなんて。

「ひどい！　バレッタがはずれちゃったじゃないですか」

「はは、悪い。ついうれしくて」

「なにがうれしくて、ですか！」

まるで子どもみたいだ。父の病室で初めて会った時は、優しくて気品があって、見た目だけじゃなく中身もおとぎ話の王子様みたいな人だった。そうかと思えば、意地悪なことをして私を困らせたり、こうして無防備な笑顔を見せたりする。

でもこれも羽根木さんのほんの一部分で、まだまだ私の知らない面があるのかもしれない。

知りたい、もっと。王子様でない時の羽根木さんも、もっともっと見てみたい。

彼といると、私は少しずつ欲張りになっていくみたい。

「さて、結月にも褒めてもらったことだし、あともうひと踏ん張りするか」

「……褒めることしかできなくてすみません」

なにもできないことが申し訳なくて伏し目がちにそう言うと、羽根木さんは「なに言ってるの」と目を丸くした。

「あのね、子どもだって誰だって褒めてもらえるのが一番うれしいでしょう？　俺だって一緒だよ。小難しい言葉を使ってわかったような感想を言われるより、今の結月の言葉の方が百倍うれしい」

そう言って、また顔をくしゃくしゃにして笑う。本当に喜んでくれているってことがわかる、心からの笑顔に胸を鷲掴みにされてしまう。

「結月の気遣いも率直な意見も、俺にとってはどれもありがたいよ。結月にアシスタントに来てもらってよかった。……俺の目に狂いはなかったな」

ポンポンと、子どもにするように軽く頭に触れ、羽根木さんは私に視線を合わせて微笑んだ。途端にカーッと顔が、耳までも熱くなっていくのがわかる。

私、いったいどうしちゃったんだろう。なんだか息苦しいし、さっきから胸の鼓動が忙しなく響いている。

「あらっ、羽根木先生？　お久しぶりです！」

その時、突然背後から声が聞こえて、私は慌てて羽根木さんから身を離した。微かに甘くスパイシーな香りが鼻をかすめる。

「……氷見《ひみ》さん、お久しぶりです」

羽根木さんが、わかりやすく硬い声を出した。誰だろうと振り返って、驚きのあまり息をのむ。

現場に姿を現したのは、人気女優の氷見彩華《あやか》だった。羽根木さんとも顔見知りらしい。

「氷見様もリニューアルパーティーにご出席いただくので、今日はその衣装合わせに来ていただいたんです」

氷見さんについていたのは、先ほど席をはずした松原さんだ。電話で呼ばれていたのは、氷見さんが到着したからだったんだ。

氷見さんは、たしか数年前からルトロワのイメージモデルを務めている。パーティー当日のメインゲストなのだろう。

さすが売れっ子の女優さんだ。テレビで見るよりずっと細くて綺麗。たしか氷見さんはまだ二十代半ばのはず。それでもデビュー作から数々の映画賞を総なめにしてきただけあって、主演女優としての貫禄も備えている。

それにしても、親しげな氷見さんに対して、羽根木さんはどこか一線を引いたように感じる。さっきまでの朗らかな羽根木さんは、もうどこにも見あたらない。

「また映画のプロモーションでご一緒できますね。打ち合わせも兼ねて、今度ご一緒に食事でもいかがですか？」

松原さんだけじゃなく、マネージャーさんや大勢のスタッフを引き連れているというのに、気にすることなく氷見さんは堂々と羽根木さんを食事に誘った。

やっぱり、氷見彩華まで羽根木さんに気があるってこと？　羽根木さん、こんなに大勢の前でいったいどう返事するんだろう。なんともいえない気持ちでドキドキしながらなりゆきを見守る。

「そうですね、またいずれ」

私の心配をよそに、羽根木さんは差し障りのない返事をして、優しげに目を細めた。形は綺麗な弧を描いているのに、心の底では笑っていないような、冷ややかにさえ感じる笑みにハッとする。やはり羽根木さんは、氷見さんのことを快く思っていないんだ。

ふたりの様子をハラハラしながら見つめていると、「あら、そちらは？」と氷見さんと視線がぶつかった。どうやら、今初めて私に気づいたらしい。

「彼女は僕のアシスタントで藤沢といいます」

「藤沢結月といいます。よろしくお願いします！」

緊張しながら挨拶をして顔を上げると、誰も見ていないところで、氷見さんが私を見て一瞬眉をひそめたのに気がついた。

「羽根木さんの新しいアシスタントですか？　……女性の？」

氷見さんも、羽根木さんがこれまで女性のアシスタントを置いていなかったことを知っているんだ！

「ええ、彼女はなかなか優秀ですよ。それでは、僕は作業に戻ります」

氷見さんに頭を下げると、羽根木さんは作品の方へとさっさと行ってしまった。

「失礼します！」

私も羽根木さんの後を追おうと慌ててお辞儀をすると、また氷見さんの私を見る冷たい視線に気がついた。

なにも見なかったふりをして、羽根木さんのもとへと向かう。作品から少し離れたところで足を止め、考えた。

氷見さんは、羽根木さんに好意を抱いている。そしてアシスタントとして彼のそばに私がいることをおもしろくないと思っている。そう確信を抱いてから、松原さんが言っていたことが頭をよぎった。

睨《にら》まれるだけなら、まだいい方。氷見さんに限らず、これからもっとあからさまな嫌がらせを受けることだってあるかもしれない。しかも私が対応を間違えば、羽根木さんに余計な敵をつくってしまうことにもなりかねない。

羽根木さんに視線を移すと、すっかり目の前の作品に没頭している。

今の私では、直接羽根木さんをアシストすることはできない。そのかわり、せめて彼が周りの雑音を気にすることなく仕事に集中できる環境をつくってあげたい。

自分のやるべきことが、だんだんと見えてきた。少しずつ、ほんの少しずつだけれど、羽根木さんのアシスタントとしての道が開けてきた気がする。

羽根木さんは、私が守る。

真剣に花材を選ぶ羽根木さんを見ながら、私はその思いを強くしていった。

その一週間後。ルトロワ銀座本店のリニューアルパーティー当日。

今日は香月流の本部で葛城さんのオフィスワークを手伝い、夕方から私も葛城さんと共にパーティーに出席する羽根木さんに付き添うことになっている。

別件で出かけている羽根木さんとは、現地で合流する予定だ。

何百人ものゲストが集まる、有名ブランドの大きなパーティー。ゲストである羽根木さんにただついていくだけだというのに、私はひどく緊張して、昨夜はなかなか寝つけなかった。

「……痛っ」

しかも、朝からなんだかお腹が痛い。

まだ慣れたとは言えない仕事に、父の病院通い。家へ帰ってからは生け花の本を読んで勉強したりと、ここしばらく寝不足の状態が続いていて、だいぶ疲れもたまっている。全部自分がやりたくてやっていることとはいえ、ちょっと無理しすぎたのかもしれない。

でもルトロワは、香月流に安定して大きな仕事をくれる重要な顧客だ。

「これくらい大丈夫。薬でも飲んでおけば治る！」

羽根木さんや葛城さんには、絶対に心配も迷惑もかけたくない。今日一日なんとか踏ん張ろうと、私は胃薬を飲んで痛みをごまかした。

パーティーは夕方からだし、本部を出るのは午後三時頃だと聞いていた。

「結月さん、そろそろ出ましょうか」

「えっ、もうですか？」

昼休憩から戻るとすぐ、葛城さんが出発すると言う。

「なにかトラブルでも？」

「いえ、そういうことではありません」

心配する私に、葛城さんは首を横に振る。

そしてその一時間後。私は、葛城さんから手渡された加賀友禅《かがゆうぜん》の着物を前に、おおいに困惑していた。

「……これ、なんですか？」

「結月さん用のお着物です。時間があまりありませんので、早くお仕度なさってください」

予定より早めに香月流本部を出発し、葛城さんに連れてこられたのは、香月流本部からほど近い場所にある有名サロンだった。よくファッション雑誌にも載っているので、私も名前だけは知っている。

葛城さんに引っ張られてお店に入ると、着付けからヘアセットにメイクまで、ばっちり私の名前で予約が入れられていた。

「どうして私まで？　パーティーには出ないんだから必要ありませんよね」

今日だって裏方に徹するつもりで、パンツスーツで家を出てきたのに。

「いえ、結月さんも香月流の一員として出席していただきます」

「ええ⁉　そんな、無理ですよ」

実は先日、松原さんからこっそりゲストリストを見せてもらったから知っている。招待客は私みたいな一般人でも名前を知っているようなセレブだらけだし、芸能人のゲスト目あてに大勢の報道陣まで詰めかけるようなパーティーだ。

そんなところに投げ込まれたら、庶民の私なんてきっと緊張のあまり気を失ってしまう。

「アシスタントは裏で待機、じゃないんですか？」

「いいえ、今回は私も出席いたします」

涙目で見上げる私に、葛城さんは無情にも首を振る。

「これは、智明様のご命令ですので」

また羽根木さんの指示？　それなら葛城さんは絶対に引かないだろう。

「……わかりました。お待たせしてすみません、よろしくお願いします」

すっかりあきらめてしまった私は、ハラハラとした表情で見守っていたサロンスタッフの方々に頭を下げ、おとなしく彼らに従った。

なんとか着付けも間に合い、私同様、和服に着替えた葛城さんと一緒にルトロワ銀座本店に駆け込んだのは開始時刻の一時間前。

ショップ前に立ち並ぶ報道陣や、豪華なゲストをひと目見ようと列をなす人々に圧倒されながら中に入ると、ロビーの中央で大勢の人々に囲まれる羽根木さんの姿があった。

今日の羽根木さんは、背縫いの中央と外袖に家紋の入った江戸鼠《えどねず》の着物に茶色の無地袴をパリッと着こなしている。爽やかな中に色気も感じられ、いつにも増してかっこいい。

そして彼の周りを取り囲む人の中には、人気モデルや若手女優の姿も多い。羽根木さんってやっぱりもてるんだなぁ……。

楽しげに談笑している羽根木さんたちを見ていると、なんだか急に居心地悪く感じて、つい視線を逸らしてしまった。

実際に豪華なパーティー会場を目の当たりにすると、さらに緊張してしまう。

やっぱり私、場違いなんじゃないのかな。羽根木さんの付き添いならともかく、ゲストとしてここにいていいのかな、と改めて思ってしまう。

「今は智明様に声をかけられそうにないですね。先に受付を済ませてしまいましょう」

「はい」

葛城さんに言われ、パーティーの会場となる三階のホールを目指した。

会場の入り口には、一メートルほどの高さにカットした青竹を円柱状に組み立てて器に見立てたものを左右に置き、上部にカサブランカなどの大ぶりの花と枝物を合わせた大掛かりな作品が展示してある。

「うわぁ、やっぱり素敵。会場に着いて真っ先に目を引きますね」

すでに完成した作品は目にしていたはずなのに、準備の整った会場で、さりげなくライトアップされたものを見ると、新たな感慨が胸に沸き起こる。瑞々しい若竹が清涼感を演出し、ショップのリニューアルにふさわしいフレッシュな雰囲気を演出していた。

「後でその感想をそのまま、智明様にも伝えてあげてくださいね。とても喜ばれると思いますので」

「そんな、私の言うことなんて……」

もっと羽根木さんを喜ばせるようなことが言えたらいいのに。そのために、仕事を終えて家に帰った後も勉強しているのに……。知識も、語彙力も、私にはまだまだ足りないことだらけだ。

「結月さん、もっと自信を持ってください。飾らない率直な感想がうれしいと、智明様もおっしゃっていたでしょう」

「あれ、葛城さんどうしてそれを……？」

「智明様がうれしそうに話してくださいましたから。もうすぐ智明様も上がっていらっしゃるでしょう。私は受付を済ませてきますので、結月さんはここで待っていてください」

「えっ、葛城さん？　ひとりにしないでください！」

呼び止める私にかまわず、葛城さんはさっさと受付に向かってしまった。パーティーの開始時刻が近づき、会場に入ろうとする人たちで混雑する中、行き交う人々の邪魔にならないようにと、私は隅に体を寄せた。

エレベーターのドアが開き、まるで雑誌の中からそのまま出てきたかのように着飾った人々が次々と出てくる。ため息をつきながら眺めていると、一番最後に凛々しい和装姿がひと際目を引く羽根木さんが現れた。

相変わらず美しい女性たちを引き連れていて、かなり声をかけづらい。どうしようかと迷って視線をさまよわせていると、急に羽根木さんと目が合った。

羽根木さんは、私の全身にさっと目を走らせると、ほんの少し口角を上げた。周囲の人に断りを入れて、私の方に近づいてくる。

「結月、遅かったね」

「準備に手間取ってしまって。すぐにお声かけできずに申し訳ありません。葛城さんは今、受付にいらっしゃいます」

「そう」

それだけ言って、一歩うしろに下がり、もう一度私の全身を見回す。羽根木さんは無表情で隣に立つと、私をチラリと盗み見た。

「な、なんですか？」

「……いや、やっぱりこの色にして正解だったなと思って」

「ひょっとして、このお着物、羽根木さんが選んでくださったんですか？」

羽根木さんが、私のために？

毎日あんなに忙しくしているのに、いつそんな時間があったんだろう？

返事の代わりにふわり、とやわらかく微笑むと、羽根木さんは枝垂《しだ》れ桜と藤《ふじ》の花の刺繍が施された着物の袖に触れた。

「馬子にも衣装」

「はあっ？」

羽根木さん、ひどい！　まさかこのひと言を言うために、わざわざ私の着物を選び

に行ったんじゃないよね⁉

今度こそなにか言い返してやろうと身構えたものの、次の瞬間、彼がずいぶん優しく微笑むのを見て、言葉を失った。

着物の裾が彼の手からはらりと落ちて、代わりに私の手首を掴む。ぐいと私の体を引き寄せると、耳もとに唇を寄せた。

「よく似合ってる」

「……えっ」

少しかすれた、低く甘い声が耳の中に流れ込んできて、瞬時に体温が上がる。

体を離すと、羽根木さんは私を見てくすっと笑った。

「どうしたの結月、顔真っ赤だよ」

「だ、だって！」

こんな距離で、しかもあんなに甘い声でそんなことを言われたら、誰だって赤くなるに決まってる！

いつまでもクスクス笑いをやめない羽根木さんを睨みつけると、そんな私の気を静めるように、ポンポンと頭をなでる。

「気に入ってくれた？」

「……はい、とっても」

「それはよかった」

そう言って、羽根木さんは満足そうにうなずいてみせた。

最初はあんなにパーティーに出席することを渋っていたくせに、着物を着せられた途端すべてが吹っ飛んだ。

羽根木さんが選んでくれた着物は、黄色がかった白から薄紅色へグラデーションが広がる優しい色合いのもの。風に舞う藤や桜の絵が美しく、ひと目見て心惹かれる素敵な着物だ。

帯がきつくてちょっと苦しいけれど、着物を着ると背筋が伸びる。いつもとは違う自分になれたような気がして気分も高揚する。

「こんなに素敵な着物が着られてうれしいです。ありがとうございます」

「結月に喜んでもらえて俺もうれしいよ。それプレゼントするから、大事にしてね」

「えっ、無理です！」

「無理って、なにが？」

咄嗟に言い返した私を、羽根木さんがびっくりした顔で見つめる。

ああっ、驚きすぎておかしな返事しちゃった。

「だって、こんな高価なものいただけません」

私が言うと、「ああ、そういうこと」と羽根木さんがホッと息を吐いた。

「そう高いものじゃないから大丈夫。結月はそんなこと気にしなくていいよ」

「いやいや、気にしますよ！」

こんな豪華な着物、帯まで入れたら絶対に三桁は下らないはず。はいそうですか、と簡単に受け取れるわけがない。

「そっかぁ、残念だな。もらってくれないなら仕方ない。それじゃ、悪いけどその着物今すぐここで脱いでくれる？　返品するのに汚されたらたまらないし」

「……え？」

羽根木さんったら、急になんてこと言いだすの⁉

絶句する私を見て、羽根木さんは意地の悪い笑みを浮かべる。

ああっ、羽根木さんがまた、誰にも見せないような顔してる！

皆さん騙されてますよ！　この人の王子様キャラはつくり物ですよって、今すぐここで叫んでやりたいくらいだ。

ひとりであたふたしていると、羽根木さんは私を見てぷっと噴き出した。

「冗談だよ。冗談」

「なっ、さっきといい今といい、言っていい冗談と悪い冗談があります！」

「ごめんごめん」

普段落ち着いた物腰の羽根木さんがお腹を抱えて笑っているのを見て、周囲の人々が何事かとこちらをうかがっている。笑いすぎて目尻に浮かんだ涙をぬぐうと、羽根木さんはまた優しい目で私を見つめた。

「からかってごめん。仕事も圭吾さんのことも、いつもがんばっている結月に、たまには綺麗な格好をして気分転換してほしかったんだ。今日は仕事のことを忘れて、パーティーを楽しんで」

「えっ……」

羽根木さん、そんなふうに思ってこの着物を選んでくれたの？　不意打ちの言葉に、目の奥がじわりと熱くなる。

「えっ、結月どうした？」

ただでさえ注目を浴びているのに、ここで泣いたりしたら、羽根木さんに余計に迷惑がかかってしまう。

「ありがとうございます。すっごくうれしいです」

滲んだ涙は、笑顔でごまかした。どうしよう、うれしくてドキドキする。

「じゃあこの着物、受け取ってもらえるよね？」

「はい」

「……はー、安心した。無理です！って言われた時は、ホントどうしようかと思った」

ふわりと微笑む羽根木さんを見ていて、ふっと心によぎるものがあった。

「……でも、これも『父への恩返し』の一環なんですよね？」

困っていた私を雇ってくれたのも、仕事場まで毎日送迎しようとしたことも、高価な着物も、全部父への恩返し？

どうしてだろう。そう思うと、ちょっと悲しくなる自分がいる。

羽根木さんは口もとに手をあて、少し考えると口を開いた。

「……いや、違うな。いつも飾りっ気のない格好でうろちょろしてる結月に、たまには綺麗な格好して、俺のそばにいてほしかったんだよ」

「えっ……」

想像していなかった返事に、言葉を失った。一度は引いた熱が、またせり上がってくるのを感じる。ああどうしよう、きっと私また顔が赤い。

「だから俺は今、すっごい満足」

まただ。王子様然としている時には決して見せない、子どものように無邪気な笑顔。

羽根木さんのこの笑顔を見ると、胸が苦しくなる。

この間から、いったいなんなんだろう。こんな苦しさ、今まで経験したことがない。

そういえばさっきから胃のあたりが痛い気がする。そっか、着崩れしたら困るからって、サロンのスタッフさんが着物の帯を締めすぎたのかな?

「どうしたの結月、気分悪くなった?」

思わずお腹のあたりを押さえていたら、羽根木さんが心配そうな顔で覗き込んできた。

「ちょっと帯が苦しくなってきたみたいで。でも大丈夫です、すぐに慣れると思います」

「本当に?」

心配そうに眉をひそめている。

「大丈夫ですよ。それより早く中に入りましょう。パーティーが始まってしまいます」

「……そうだな」

羽根木さんはまだ心配そうな顔をしていたけれど、無理やり元気を装って、一緒に会場の中へ入った。

「うわ……」

目に飛び込んできた、洗練された空間に圧倒された。

ホワイトを基調とした会場の中央にはランウェイが用意されており、それに沿って、羽根木さんが制作した作品が数点配置されていた。入り口にあった作品同様、青竹をベースにし、純白のカサブランカと瑞々しい葉物が生けられている。そこをルトロワのシンボルであるホワイトドレスを身にまとったモデルたちが、さっそうと歩いたり、思い思いにポーズを取って、生まれかわったブランドをアピールしていた。

そして会場の奥にあるステージの上には、ひと際目を引く作品が展示されていた。まるで、歴史ある老舗ブランド『ルトロワ』そのもののような苔むした白い古木に、鮮やかな春の花々が組み合わされ、なんとも迫力のある作品となっている。

「……本当に素敵です」

これ以外の言葉で表現できない自分がもどかしい。そう思っていることが、表情に出ていたのかもしれない。私の顔を上から覗き込むと、羽根木さんはふっと目を細めた。

「結月が気に入ってくれたなら、俺はそれだけで十分うれしいよ」

「気に入ったどころじゃないです！　感激して、泣きそうです」

「また泣いちゃうの？　結月は本当に感激屋だなぁ」

そう言って、羽根木さんはまた優しく笑う。

この感動を、どうやって言葉にしたらいいんだろう。もっと生け花や香月流のことを勉強すれば、形にできるのかな。羽根木さんの作品を前に言葉をなくしていると、誰かにうしろからポン！と肩を叩かれた。

「松原さん！」

「羽根木くん、藤沢さん！　今日は来てくださってありがとう」

振り返ると、受付を終えた葛城さんと松原さんが立っていた。

「智明様、あと十分ほどで始まります。スピーチの原稿は入ってらっしゃいますか？」

「うん、大丈夫だよ。ありがとう」

羽根木さんと葛城さんのやりとりを見守っていると、松原さんが私を見て目を輝かせた。

「藤沢さん、すっごく素敵！　その着物、あなたによく似合ってる」

「ありがとうございます。松原さんこそ、今日はまた一段とお綺麗です」

今日の松原さんは、さりげなく体のラインが出るノースリーブのドレスに、八センチくらいありそうな光沢のあるピンヒールのパンプスを合わせている。いつもは下ろしている艶のある長い髪を、緩く巻いてハーフアップにしていて、匂い立つような美しさだ。

アテンドする側でもピンヒールでいられるのは、普段から履き慣れているからなんだろうな。いかにも大人のできる女性という感じで、やっぱり憧れる。

「羽根木くん、素晴らしい作品を仕上げてくれてありがとう」

松原さんが、気心の知れた友人の顔から、ブランドを代表するプレスの顔になり羽根木さんに頭を下げた。

「特にメインの作品、これは素晴らしいわ。大きな古木に今が盛りの枝垂れ桜や藤、石楠花《しゃくなげ》などの春の花々を合わせて、長い年月顧客に愛されてきたルトロワの再生と新たな息吹を感じさせる。今回のリニューアルにふさわしい作品だと思います」

「過分な褒め言葉をどうも。俺もルトロワの敏腕プレスに喜んでもらえてうれしいよ。苦労した甲斐がある」

さすがだ、松原さん。羽根木さんが作品に込めた思いをちゃんとくみ取っている。花材の種類までちゃんと把握しているし、ひょっとして華道の経験があるんだろうか。

それに羽根木さんも、今回ばかりは松原さんからの称賛を素直に受け入れている。その表情から、香月流の次期家元として誇るべき仕事をしたのだという自信がうかがえた。

「さ、そろそろパーティーが始まるわ。羽根木くんはスピーチの前に代表からの紹介があるので、ステージ前でスタンバイしておいてくれる？」

「了解」

「それじゃあ案内するわ。行きましょう」

一度は松原さんについていこうとして、羽根木さんが足を止めた。私の方をくるりと振り返ると、腰を屈めて私の顔を覗き込む。

「結月、絶対に無理はしないで。葛城、結月のこと気をつけといてあげて。あんまり体調よくないみたい」

「私ならもう大丈夫ですよ」

羽根木さんに安心してほしくて、微かな痛みには気づかないふりをして笑顔をつくる。

「羽根木くんごめん、時間が」

松原さんに案内され、名残惜しそうにこちらを一度だけ振り返ると、羽根木さんはステージの方へ行ってしまった。

ブランドのエグゼクティブらと会話する姿は、はたから見ても頼もしく、若いながらも香月流という一大流派を背負っている貫禄を感じさせる。

パーティーが始まり、ブランドの代表挨拶や、ルトロワのこれまでの歴史と功績を描いた映像の上映が終わると、いよいよ羽根木さんの出番だ。

ステージに上がり、堂々とした態度で挨拶をする羽根木さんを見上げていると、誇らしく思うのと同時に、ちょっと複雑にもなった。

さっきまで私と軽口をたたいていたのがなんだか嘘みたい。

羽根木さんが、遠いなぁ……。

「……痛い」

そう思った途端、またお腹がきりきりと痛んだ。


「ご迷惑をおかけしてすみません」

「そんなこと気にしないでゆっくり休んで。はい、これ薬。なにかあったらすぐに電話してね。遠慮しちゃダメよ」

これまで身に着けたこともないような高価な着物を着て、いきなりまぶしいほどに華やかな場所に連れてこられて、私は自分でも思っていた以上に緊張していたらしい。

パーティーも半ばを過ぎた頃、私は急に強くなったお腹の痛みに耐えきれなくなり、葛城さんの手を借りてパーティーを中座した。

ゲスト用の控室の片隅を借り、松原さんに手伝ってもらって着物から着替えた後、薬を飲んで休ませてもらうことにした。調子が持ち直したら、今日はもう先に帰っていいいと、葛城さんからも言われている。

「それじゃ、私は行くわね」

「ありがとうございます」

ドアの隙間からかわいらしく手を振る松原さんに頭を下げ、私は簡易ベッドに横になった。

大事な仕事の途中で体調を崩してしまうなんて。こんなの社会人失格だ。長いため息を吐き出し、壁際に設置してあるモニターに視線を移す。モニターではパーティー会場の様子を見ることができた。

ちょうどカメラが切り替わり、ステージ上が映される。ルトロワの代表と羽根木さん、そしてイメージモデルを務める氷見さんがステージに上がり、報道陣からの質問を受けているところだった。

無数のフラッシュが光る中、羽根木さんと氷見さんが肩を寄せ合いポーズを取る。モニターの粗い画面越しに見ても、明るいライトに照らされたステージ上は、別世界のように見えた。

モニターを見るのをやめ、ゆっくりとまぶたを閉じた。

ベッドに横たわっている私は、もういつものスーツ姿だ。豪華な着物より、やはりこちらの方が体に馴染んでいてホッとする。

べつに羽根木さんや氷見さんのように、ステージに立って報道陣のフラッシュを浴びたわけじゃない。ほんのちょっとの時間、慣れない着物を着てあのきらびやかな空間に身を置いただけなのに、私の体は緊張から音を上げてしまった。

「なんだか、魔法が解けたみたい」

どんなにがんばっても、やはり私はこちら側の人間なんだ。そんなのわかりきったことなのに、こんなにつらく悲しく感じるのはどうしてだろう。

薬が効き始めてぼんやりした頭でしばらく考えた後、いつの間にか私は眠りに落ちていた。

どれくらい眠っていたのだろう。なにかの気配を感じて目を開けると、目の前に心配そうな顔で私を覗き込む羽根木さんの姿があった。

「結月、大丈夫？」

「……大丈夫です」

「そう、よかった。あんまりぐっすり眠ってるから、このまま目が覚めないんじゃないかと思った」

「そんな……」

『大げさですよ』と笑い飛ばそうとしたけれど、羽根木さんのあまりに真剣な表情を目の当たりにして、私は言葉をのみ込んだ。

「……心配かけてごめんなさい」

羽根木さんもメインゲストのひとりだったのに、どう言ってあの場を抜けてきたのだろう。申し訳なさばかりが募る。

「結月の荷物ってこれだけ？　俺が家まで送るから、今日はもう帰ろう」

「えっ、そんな。私なら大丈夫です！」

「大丈夫な人はそんな青い顔してないよ。……結月、本当は痛いのずっと我慢してたんじゃないの？」

「薬も効いてだいぶ楽になりましたし、私ならひとりで帰れますから」

頑として首を縦に振らない私を、羽根木さんは腕を組んで見下ろした。真剣な瞳に無言の圧を感じて、ちょっとだけ怖い。

「結月ってやっぱり頑固者だね。そんなに具合悪そうな顔してるのに、放っておけるわけないでしょ」

「私ならもう平気ですから、早くパーティーに戻ってください」

「ダメだよ、どちらにしろひとりで帰らせるなんてできない」

「でも、羽根木さんがパーティーを抜け出すなんて。こういう場で皆さんのお相手をするのも、大切なお仕事なのでは……？」

今回の作品もとても評判がよく、羽根木さんは国内のみならず海外のメディアからもインタビューを受けていた。

この機会に羽根木さんと話をしたいゲストもいるはずだし、海外に新たなコネクションをつくるチャンスなのに、どうしてこの人はわかってくれないのだろう。

「それなら大丈夫、あとは全部葛城に任せてるから」

「でも……」

それって秘書に任せてしまっていい仕事なの？

心配する私をよそに、羽根木さんはいたって平気な顔をしている。

「実は、ゆくゆくは葛城に、海外支部の統括を任せようと思ってるんだ」

「えっ、葛城さんが海外に？」

ということは、いずれ葛城さんは、羽根木さんのもとを離れてしまうの？

そういえば、アシスタント初日の業務内容説明で、羽根木さんは、いずれは私にスケジュール管理を任せたいって言ったんだ。

「羽根木さん、まさか……」

葛城さんの代わりとして、端《はな》から私を育てるつもりで？

「うん、結月に葛城の仕事を少しでも覚えてほしいって言ったのはそういうことなんだ。今日は海外からのゲストも多いし、葛城の統括就任の下地づくりにはもってこいだろう？　主要なゲストへの紹介は済ませたし、あとは葛城がうまくやってくれるよ」

さすが羽根木さんだ。そんな先のことまで見越してずっと動いていたんだ。

「結月が心配することはなにもないよ。車を出してくるから、帰る準備ができたら電話して」

「わかりました。お願いします」

三十分後、使わせてもらった控室を片づけて、私は羽根木さんが待つ駐車場へと向かった。

「結月、こっち！」

「はい」

私を待っている間に羽根木さんも着替えを済ませていたらしい。凛々しい和服姿から、ラフなジャケット姿に変わっている。

「乗って」

「失礼します」

私が車に乗り込むと、羽根木さんがハンドルに手を置いて、私の方に顔を向けた。

駐車場の外灯にぼんやりと照らされた彼の顔がやけに艶っぽくて、心臓が高鳴りだす。

「結月、まだちょっとボーッとしてる。大丈夫？」

羽根木さんの手が伸びてきて、私の前髪をかき上げる。突然触れられて、息が止まるかと思った。

「なんだか……ちょっと熱っぽい？」

「違います。熱とかじゃなくて……」

「あ、ごめん。つい」

真っ赤になってうつむく私を見て、ようやく察したらしい。羽根木さんは慌てて私から手を離した。

「そんなにかわいい反応されたら、このままさらってしまいたくなるけど」

「えっ？」

「そんなことしないから安心して。ちゃんと結月のうちまで送るから、週末はゆっくり休んでね」

「もう。そんな冗談、心臓に悪いです」

「半分くらいは本気なんだけど」

「また、そんなこと言って」

むくれる私に反して、なぜか羽根木さんはご機嫌な様子で車のエンジンをかけている。

「あの、パーティーでなにかいいことでもあったんですか？」

「どうして？」

「なんか羽根木さん、機嫌がいいみたいだから」

「いや、ちょっとは意識してくれてるのかなって」

「なんですか？　意識？」

「いや、こっちの話」

羽根木さんは首をかしげる私を見て、フッと微笑む。優しい眼差しを向けられて、また頬が熱くなった。

そんな私をどこか満足そうに眺めると、羽根木さんは車をスタートさせた。車が夜のビル街を走りだす。

「結月、気分悪くない？　少し窓を開けようか」

信号で止まるたび、羽根木さんは私の体調を気遣って声をかけてくれる。優しい声と眼差しに、胸がトクトクと音を立てた。

「車出すね」

信号が青になり、羽根木さんの運転するクーペがビルとビルの間を軽やかに駆け抜ける。海が近いのか、窓の隙間から、微かに潮の香りがした。

シートから伝わる振動とカーステレオから低く流れる音楽が心地よくて、ついうとうとしてしまう。

「着いたら起こすから、眠っててていいよ」

それに気づいた羽根木さんが、私を見て優しく微笑んだ。

羽根木さんに笑いかけられると、胸がきゅうっとなる。

「ありがとう……ございます……」

毎日一緒にいるけれど、私からはずっと遠い世界で生きる人。

そう思って心の中で距離を取ってきた人が、肩先が今にも触れそうなほど近い距離にいる。そのことが、こんなにも私の胸を高鳴らせ、欲張りにさせるなんて。

運転に集中している羽根木さんの隣で、そっと目を閉じた。

海を感じたせいかもしれない。脳裏に浮かんだのは、寄せては返す波打ち際に立つ自分だった。今まで気づかないふりをしていた気持ちが波となり、今にもこちら側に押し寄せてこようとしている。

もう一度目を開けて、隣にいる羽根木さんを見つめた。

ああ、もうこれ以上自分の気持ちに気づかないふりをするのは無理だ。

好きです、羽根木さん。

多くは望まない。でも叶うなら、ずっとあなたのそばにいたい。

そう考えたところで、再び意識は途切れた。

深まる想い

翌週の月曜日、私は葛城さんのデスクワークを手伝うため、都内にある香月流の東京本部に出勤した。

時刻は午前八時を少し過ぎたところ。一階の事務所に入ると、すでに葛城さんが出勤していた。

「おはようございます」

「結月さん、お体の具合はもうよろしいのですか？」

「はい、もうすっかり。先日はご迷惑をおかけしました」

ちら、と部屋の中を見回す。羽根木さんはまだここには来ていないみたい。顔を合わせずに済んで、ちょっとホッとする。

パーティーの後、送ってもらった車の中ではっきりと羽根木さんへの気持ちを意識してから、私はこの週末をそわそわとした気分で過ごした。

心が浮き立つのを抑え、『仕事に集中！』と自分に言い聞かせる。少しでも多く仕事を覚えて、羽根木さんのことをきちんと支えられるアシスタントになるんだ。

　葛城さんに聞いた話では、羽根木さんは、もうすぐ始まる幹部の先生方との定例会議の準備で席をはずしているらしい。ちょうどいい。私には羽根木さんの不在を狙って、葛城さんに相談したいことがあった。

「生け花の稽古、ですか」

「はい、どなたか先生をご紹介いただけませんか？」

　もっともっと羽根木さんの役に立ちたい。羽根木さんのアシスタントとして私にできることはなんでもする。彼への想いを自覚した夜、私はそう決めた。

　そのためには、やはり一から香月流の生け花を学ぶ必要がある。改めてそう考えたのだ。

　私の申し出に葛城さんは「ふむ」とうなずくと、口もとに手をあて、しばらく考え事をしていた。

「……結月さんのお気持ちはよくわかりました。きっと智明様も喜ばれると思います。しかし、香月流に正式に入門なさるのであれば、一度智明様にも相談された方がいいのでは？」

「いえ、できれば羽根木さんには内緒にしていただきたいんです」

　羽根木さんのことだ。私が生け花を学びたいと言えば、自分で教えると言ってきかないだろう。

「私のことで、これ以上羽根木さんの手をわずらわせたくないんです」

「なるほど、そういうことですか……。そうですね、仕事に支障が出ないようにと考えると、日曜日の教室に入門されるのがいいでしょうね。ちょうど午前中の初心者クラスに空きがあります。そちらでよろしいですか？」

「はい、そのクラスでお願いします」

「では申し込み書類の記入をお願いできますか」

よかった。なんとか稽古を始めることができそう。ホッとひと息ついた時だった。

「おはよう結月。で、なにがよろしくお願いします？」

「きゃっ⁉」

ポン、と肩を叩かれ振り返ると、羽根木さんの姿が目に飛び込んできた。触れられた肩先が、急に熱を持つ。

心の準備もできていないうちに羽根木さんが現れてしまったことに動揺して、私は持っていたペンケースの中身を床にぶちまけてしまった。

「なにやってるの結月、朝から騒々しい」

「ごっ、ごめんなさい」

羽根木さんと視線を合わさずに、しゃがんで床に散らばった文房具を拾う。最後に残ったペンに手を伸ばすと、突然現れた手がそれを拾い上げた。

「ほら」

「あ、ありがとうございます」

羽根木さんが拾ってくれたペンを受け取ろうとして、手と手が触れた。

「ひゃあっ」

慌てて手を引っ込めると、羽根木さんが不思議な物でも見るような目で私を見た。

「……どうしたの結月。今日なんか変だよ。まだ具合悪いんじゃないの」

「も、もう大丈夫ですって。ペン、ありがとうございます。私、コーヒーでも淹れてきますね！」

「……ああ、頼むよ」

「かしこまりました」

羽根木さんと葛城さんに一礼をして、そそくさと事務所を後にした。

……び、びっくりした！

ドキドキして、羽根木さんの顔をまともに見られなかった……。

触れられた指先が、まだ熱い。手で頬に触れると、さらに熱かった。

これじゃあ私、耳まで真っ赤だったかもしれない。羽根木さんへの気持ち、ダダ漏れじゃなかったかな。恥ずかしい……。

とりあえず、羽根木さんにはなにも言われなかったし、香月流に正式に入門するということはバレなかったはず。そう思って、私はすっかり油断していた。

その週の日曜日。私は意気揚々と香月流の本部へ向かった。

きっと時間はかかるけれど、これからいっぱい稽古して経験を積めば、こんな私でも羽根木さんの役に立てる日が来るはず。

エレベーターに乗り、教室のある五階のボタンを押す。道具と花材はすべて教室で用意すると言われたので、稽古で使った花を持ち帰る花袋だけを事前に用意して、開始時刻の三十分前には教室に入った。早めに行って、指導をしてくださる先生のお手伝いでもできたらと思ったのだ。

「あれ、教室ここで合ってるよね？」

葛城さんに聞いた教室は五〇三教室。もう一度廊下に出てプレートを確認してみたけど、間違いない。

今日のレッスンで使うはずの花材も道具も、教室の中にはまだなにも用意されていない。それどころか、レッスンの開始時刻は刻一刻と迫っているのに、いまだに教室には教えてくださる先生も、ほかの生徒さんも、誰も現れない。

これはいったいどういうことだろう。もしかして私、開始時刻を間違えた？

わけがわからなくてあたふたしていると、教室のドアが静かに開いた。先生かもしれない。

「……嘘」

レッスン開始二十分前。ようやく五〇三教室に姿を現したのは、なんと羽根木さんだった。絶対にバレないようにしたはずなのに、どうして？

「おはよう結月。早いね」

「おはようございます……。羽根木さん、今日は羽根木本家にいらっしゃるはずでは？」

たしか今日羽根木さんは、本家に住む幽玄様に呼ばれていたはずだ。羽根木さんの当月のスケジュールは、すべて頭の中に入っている。

「ああ。なんか怪しいと思って本家の人間に聞いてみたら、案の定見合いの話だった。急用ができたって言って断ったよ」

「……羽根木さん、お見合いの話があるんですか？」

「たまにね。今は全部断っているけど」

香月流の跡取りだもの、そういうお話があったって不思議じゃないよね……。頭のどこかでは理解できているはずなのに、改めて聞かされると、やっぱりショックだった。

呆然としていると、羽根木さんが私の顔をジッと見ていることに気がついた。

「そんなことより、結月最近ちょっと変じゃない？」

「そ、そうですか？」

「うん、なんかよく目が泳いでるし、そそっかしい……のはもとからか」

「ひどいっ、そんなことないですよっ！」

ぷうと膨れると、羽根木さんは、ははっと笑い声をあげた。

「なんか言われるとすぐほっぺた膨らますその癖。大人になっても変わってないんだな」

私って、小さい頃からそうだった？　まだまだ子どもっぽいと言われているようで、ムッとしてしまう。

「余計なお世話ですっ」

ぷいっと横を向いて、そういえば、と思う。

「ところで、急用の方はよろしいんですか？」

「うん、だからここにいるんだけど？」

えっ、どういうこと？　急用ってまさか……。

「悪いけど、結月に生け花を教えるのは俺だ。ほかの人間にそんな大事なこと任せられない」

いかにもおもしろくないといった顔で、羽根木さんが言った。まさか……事務所での話を聞かれていたの？

「でも、羽根木さんただでさえ忙しいのに……」

本家に行かなくて済んだのなら、羽根木さんは少なくとも日中はフリーになったはずだ。それならばゆっくり体を休めたり、好きなことをしてリフレッシュしてほしいのに。

「忙しかろうがなんだろうが、ひとりのアシスタントとして自分を育ててほしいと言った結月の言葉を受け入れた以上、君に生け花を教えるのは俺だよ。それが俺の務めだ」

私がどんなに断っても、羽根木さんは頑として受け入れようとしない。

「……それに、うれしかったんだ。結月が生け花を本格的に始めようと思ったのって、俺の役に立ちたいからなんでしょ？」

「なっ……！」

まさか、葛城さんったら全部しゃべってしまったの？　羽根木さんの視線を感じて、頬がカッと熱くなる。

「私みたいな素人が、羽根木さんの役に立ちたいだなんて図々しいんですけど……」

「どうして？　俺はうれしかったよ」

「羽根木さん……」

私って、本当に単純だ。羽根木さんが喜んでくれただけで、うれしくて胸が熱くなる。

「俺だって、そんなかわいいことを言ってくれるアシスタントの役に立ちたいんだよ」

香月流を背負って立つ羽根木さんが、そこまで言ってくれるなんて。その気持ちがうれしくて、とうとう私の方が、折れてしまった。

「わかりました。ご指導お願いします」

「うん。やるからには徹底的にいくから。それじゃ、まず道具を揃えてくれる？」

「はい！」

基本的な道具のことなら、事前に読んでいた入門書や羽根木さんの作品制作を近くで見ていて頭に入っている。羽根木さんから道具の入った箱を受け取り、少し深さのある鉢型の花器と、花を固定するための剣山、花ばさみの三点をそれぞれ机に並べた。

「用意はできた？　香月流では、まずは座学から入るのが一般的なんだ。道具のことも一緒に説明するから、このテキストを見てくれる？」

羽根木さんからテキストを受け取り、私は席に着いた。初めにテキストに沿って生け花や香月流の歴史をざっとなぞり、次に生け花の基本である『型』について教えてもらった。

『型』というのはいわば生け花の設計図。

先人たちが試行錯誤を繰り返し、誰でも花を美しく生けられるよう計算されたもので、流派によって違うらしい。

てっきり人それぞれのセンスで生けるのかと思っていたら、ちゃんとベースがあるのだ。美的センスにはあまり自信がなかったので、入門書を読んでこのことを知った時は正直言ってホッとした。

「それじゃあ、今習ったことを活かして花を生けてみようか」

うれしい！　ようやく花に触れることができる。毎日間近で羽根木さんの仕事ぶりを見ていて、早く自分でも生けてみたかった。

羽根木さんが先に生けたお手本やテキストを見ながら、見よう見まねで花を生けていく。

長さを調節しようと花ばさみを入れた時は緊張した。失敗したら、取り返しがつかないからだ。

「どう？」

なかなか思うように生けられず、焦っているのに気づいたんだろう。必死で花と格闘する私に、羽根木さんが声をかけてきた。

「それが、思うように生けられなくて」

作品の真《しん》となる枝物すら、思うように生けられない。枝数が多すぎると思いきってカットした途端、やはり寂しいような気がしてくるし、真の周りを彩る花も、迷って何度も生けたりはずしたりを繰り返してしまう。

完成にはほど遠い自分の作品を見て、私は頭を抱えてしまった。

「結月、生け花は引き算だよ。自分の思い通りにしようとするんじゃなくて、花が一番美しく見えるよう、少しだけ手伝うくらいの気持ちでいいんだ」

同じ花材で、羽根木さんも作品を制作していた。向かい側に回って、羽根木さんの作品を正面から見てみる。

羽根木さんの作品は、無駄がなくすっきりと美しい。私は頭の中でごちゃごちゃと考えすぎなのかもしれない。

「作品は正面からだけでなく、いろんな角度から眺めてみて。そうすれば立体的な作品になる」

羽根木さんの指導を受けながら無我夢中で花に向き合っていたら、あっという間に稽古の時間は終わってしまった。


「初めての稽古はどうだった？」

なんとか作り上げた作品を見ながら、羽根木さんが話しかけてきた。

「緊張しましたー」

はあーっと大きくため息をつく私を見て、羽根木さんはふふっと小さく微笑んだ。

とにかく、生き物である花を扱う時の緊張感といったら半端じゃなかった。

はさみを入れる時も、花を剣山に挿す時も、気づいたら私は毎回息を詰めていた。

「なんでしょうね、少し花がかわいそうという気持ちも芽生えてしまって……」

そのままでも美しく咲いている花をわざわざ摘み取ってきて、さらにはさみを入れたり、好きな形に枝を曲げたり、葉を抜き取ったり。自分の作品を作り上げるためにたくさん手を入れるのだ。

それは稽古を通して花に触れてみて、初めて芽生えた感情だった。

「結月のその気持ち、とても大切なものだと思うよ」

そう言って、羽根木さんはテーブルに残っていたひと枝のカスミソウを手に取った。

花の形を整えるために、はさみで切って除いたものだ。

「俺たちは花に手を入れることによって、その花の一番美しい時をつくり出そうとしているわけじゃないんだ。生け花を通して見つめるのは、命のうつろい、その花の一生なんだよ。蕾が花開き、やがて萎れるまで、作品を通して命の尊さを学び自然を敬う心を養う。それが生け花を通して、学ぶべきものなんだ」

大切なのは上手に、綺麗に花を生けることだけじゃない。花に触れることによって、命を見つめ、自然に思いを馳せる。それが生け花というものなんだ。

羽根木さんはいつも、こんなにも厳かな気持ちで作品に向き合っていたんだな。見つめていた羽根木さんの横顔が、作品に向き合う時同様に真剣なものであることに気がついた。

「たしかに俺たちは、花を犠牲にして作品を作っている。そのことを忘れてはいけない。でもそれ以上に大切なのは、花への感謝の心なんじゃないかな」

そう言って、羽根木さんは持っていたカスミソウをペーパーで包み、私に手渡した。

「小さくなっちゃったけど、結月の部屋にでも飾ってあげて。命をまっとうする姿を見ていてあげてよ。さあ、これで今日の稽古は終わりだ」

「……はい。ありがとうございました」

もらったカスミソウを胸に抱き、羽根木さんに頭を下げた。教室に来た時よりも、花への愛着がさらに増したような気がする。

そしてなにより、生け花に対してとことん真摯に向き合う羽根木さんの姿に、私は強く胸を打たれていた。

稽古を終え、張りつめていた空気がふっと緩み、羽根木さんが目を細める。

「片づけようか」

「……はい」

やわらかな笑顔に、また胸の奥がキュッと音を立てた。

羽根木さんがまるで宝物に触れるように、大事そうに道具を手に取る。花ばさみの水気を丁寧にタオルで拭き取り、あまった花材を綺麗に揃えて新聞紙に包《くる》む。彼の美しい所作に、思わず目が釘づけになってしまう。

「……き、結月？」

「は、はいっ⁉」

「どうした、またボーっとしてたよ。緊張してたみたいだし、疲れちゃった？」

「いえっ、そういうわけじゃ――」

慌てて顔を上げると、すぐそばで羽根木さんが私を見下ろしていた。

「羽根木さん？」

「結月さ……ひょっとして、俺のこと見てた？」

「えっと、それは……」

嘘。私が羽根木さんに見とれていたの、バレちゃったの？

どう言ってごまかそうかとあたふたしていると、「結月」と彼が私の名を呼んだ。

「……はい？」

顔を上げると、羽根木さんは私の頬に軽く触れ、耳下の髪をひと筋すくった。そして、羽根木さんの顔が近づいてくる。

……まさか私キスされる⁉

ぎゅっと目をつむり、思わず私は「ちっ、違います……！」と叫んでいた。

「なんだ、違うのか。残念」

そう言って私の髪にふっと息を吹きかけると、手にしていた髪をはらりと離した。

「よし、取れた。髪の毛に小さな花びらがついてたよ」

「花びら……？」

恐る恐る目を開けると、羽根木さんは「ほら」と私の手のひらに紫色のアスターの花びらをのせた。見上げた瞳は、まるでいたずらっ子のように輝いている。

「……ひどいっ、私のことまたからかいましたね？」

「結月があんまりかわいいからいけないんだよ」

「嘘ばっかり！」

あたふたする私を笑っていると思いきや、羽根木さんは真剣な表情で私を見ていた。からかうようなそぶりは、もう見せない。

「……羽根木さん？」

なにもしゃべらなくなってしまった羽根木さんを見上げると、「結月」と呼びかけられた。

「なんでしょう？」

「この後時間あるかな？　よかったら、一緒に圭吾さんのところに行かない？」

「いいですよ」

今日は生け花の稽古以外に予定はないし、最初から私もそのつもりでいた。このまま羽根木さんとふたりきりでいるのはうれしいような、苦しいような……。でも、忙しい羽根木さんがそう言ってくれているのを、断る理由はない。

「父も喜びます。ありがとうございます」

複雑な心を押し隠して、私は羽根木さんに笑顔を向けた。


平日とは違い、日曜日の病棟はゆったりとした時間が流れている。

あまり目立たないよう、奥にあるエレベーターを使い、羽根木さんを連れて父のいる病棟へと向かう。もうすぐお昼ごはんの配膳が始まるせいか、あまり廊下に出ている人がいなくて助かった。

「圭吾さん、来たよ」

羽根木さんと一緒に、父の病室に入る。どういうわけか、父のベッドはもぬけの殻だった。

「あれ?」

「父さん、いませんね」

「まだリハビリから帰ってないのかな?」

「うーん、いつも移動する時に使っている車椅子があるので、それはないいんじゃないかな……」

いったん廊下に出て近くを捜してみたけれど、どこにも父の姿はない。

「おかしいなぁ」

父の病室の前に立ち、きょろきょろと辺りを見回していると、廊下の向こうから、ものすごい勢いで走ってくる看護師がいた。

「ちょっと、失礼します！」

私と羽根木さんの横をすり抜けながら、そう叫ぶ。

よっぽどの緊急事態なのかと思って、ハッとする。

「そんな、まさか……」

「え？」

「容態が急変して、部屋から移動したとか？　……いやだ、父さん！」

「結月、落ち着いて！」

取り乱して廊下を走りだそうとした私を、羽根木さんが引き留める。

「もしそうだとしたら、真っ先に結月に連絡がくるはずだろ。だから、きっと違う」

私をうしろから抱え込んで、私が落ち着くように、耳もとでゆっくりとささやく。

羽根木さんが言ったとおり、先ほどの看護師は、ほかの患者をストレッチャーに乗

だった。

落ち着きを取り戻し、彼の拘束を解こうと、胸の前で組まれた腕に手をかけた時
「違った……」

せ、二、三人の看護師たちと一緒に運んでいった。

「なんだぁ、結月？　それに智明くんも。こんなところでふたりでなにしてるんだ？」

「と、父さん⁉」

大きな声で話しかけてきたのは、紛れもない、父だった。車椅子を使わないと移動できなかったはずの父が、移動式の点滴スタンドを手に病室の入り口に立っている。

「ふたりしていちゃいちゃして、遠くから見ても目立ってたぞ」

父に言われて、羽根木さんが私からパッと手を離した。

「父さんったら！　いちゃいちゃなんてしてません」

病室にいなくてあんなに心配したのに！　能天気な父に力が抜けてしまう。

「あの、圭吾さん、車椅子に乗らなくて大丈夫なの？」

「ああ、これか？　リハビリをがんばったおかげで、結構歩けるようになってきたんだ。普段の生活でも歩くことを心がけてくださいって理学療法士の先生に言われてね」

「そうなんだ。父さん、すごいじゃない！」

私が言うと、「そうだろう？」なんて言って、父はいかにも誇らしげだ。

一度病室へ戻り、父の昼食に付き合った。私が空になった食器を下げている間に、智明さんが三人分のお茶を買ってきてくれた。

「どう智明くん、結月はがんばってる？」

「ええ、よくやってくれてますよ。先日はとうとう、正式に生け花を習いたいと言ってくれて」

「羽根木さんに毎週見てもらえることになったの」

「そうかそうか」

父は私たちの話を聞いて、何度もうれしそうにうなずいた。

「結月、父さんもだいぶ動けるようになってきたし、もう今までみたいにしょっちゅう来なくてもいいぞ」

「どうしたの、急に」

「俺のことはいいから、おまえは仕事をがんばりなさい。しっかり智明くんのことを支えてやって」

そう言う父を、羽根木さんが横から遮った。

「でも、俺も結月も、あくまで圭吾さんのことを最優先にって思ってて……」

「それなら、もう十分してもらってるよ」

父は手に持っていた湯呑をテーブルに置くと、羽根木さんの方へゆっくりと体を向けた。

「智明くん、お願いがあるんだ。俺は今こんな状態で、結月のことまで目が届かない。俺の代わりにと言ってはなんだが、結月が立派に社会人としてやっていけるよう、君の下で育ててくれないか」

「俺はもちろん最初からそのつもりでいますよ」

羽根木さんの言葉に、父はまたうんうんとうなずく。

「……夢みたいなんだよ。君と結月がまた一緒にいるなんて。一緒に助け合って生きていってくれたら、これほどうれしいことはない」

父からしたら、私同様、羽根木さんも自分の子どものようなものだ。そのふたりが仲よく、まるで実の兄妹のように、お互いに助け合って生きていく姿を見ることは、父にとってこれ以上にない喜びなのだろう。

「圭吾さん、ありがとうございます。結月のこと預からせてもらいます」

「頼むよ。智明くんになら安心して任せられる」

父も、心から羽根木さんのことを信頼しているのだ。ふたりの絆の深さに感動して、胸が熱くなる。

「そうだ結月、ちょっと圭吾さんと散歩に行ってきてもいい？」

羽根木さんの言葉に、「おっ、行くか？」と父もうれしそうに反応した。

「いいですけど……。私も一緒に行っちゃダメなんですか？」

「うん、男同士の話があるんだ。できれば結月は遠慮してほしい」

ふたりでなにを話すつもりなんだろう。気にはなるけれど、父と智明さんには私の知らない年月の積み重ねがある。羽根木さんが『ふたりで話したい』というのを、私だって邪魔するつもりはない。

「わかりました」

「圭吾さん、行こう」

羽根木さんは椅子から立ち上がると、父がベッドから下りるのを手伝い、病室の入り口へ向かう。

「じゃあちょっと行ってくるよ」

「はい、気をつけて」

ふたりの散歩は、気がつけば私がうつらうつらするほどに長かった。ふたりでいったいどんな話をしたのか、父も羽根木さんも結局教えてはくれなかった。

信じていいの？

テレビ局での仕事を終え、羽根木さん、葛城さんと共に十六時頃に香月流の本部に戻った私は、羽根木さんの六月以降のスケジュールを確認するために最上階にあるオフィスに向かった。

羽根木さんが携わった映画の公開を控え、プロモーションの仕事が新たにいくつか入ったのだ。

事前に葛城さんに断ってＰＣを立ち上げ、専用のフォルダを開く。三カ月分のスケジュールのコピーを手に、役員フロアを歩いている時だった。

「申し訳ありませんが、お断りします」

フロアの奥にある役員室の方から、大きな声が漏れ聞こえてきた。

あれっ、この声は羽根木さん？　とすると一緒にいるのは？

役員室のドアの前に立ち、そっと耳をそばだてる。

「おまえはなんでそう私の言うことを聞かんのだ！」

ドン！　と机を叩く音が聞こえ、思わずビクッと体を揺らした。

こちらの低く響く声は、おそらく幽玄様だろう。

香月流内部の込み入った話かもしれない。立ち聞きするのもどうかと思い、立ち去ろうとしたその時だった。

「いいかげん身を固めろ。容姿も家柄も申し分ない、良縁じゃないか。見合いのなにがいかんのだ」

思いがけない内容に足が止まった。

……えっ、羽根木さんにまたお見合いの話がきているの？

「何度も申し上げますが、私は見合いなどしません。先方にはお断りしてください」

「智明！」

苛立《いらだ》ちもあらわに幽玄様が声をあげる。

「おまえは本当に次期家元としての自覚があるのか」

「ありますよ、もちろん。だからこそ、見合いはしないと申し上げているのです」

「……どういう意味だ？」

「愛のない結婚がどういう結果を生むか、おじい様が一番おわかりでしょう。それを強いられたお父様は香月流に嫌気が差し家を出、お母様も私を置いて離縁。結果、幹部連中はおじい様の後釜を狙って揉め事を起こし、本部のごたごたに愛想を尽かした大勢の門弟たちが香月流を去った」

香月流にそんなことがあったの？　驚きの事実に私は立ち去ることすらできずに息をのむ。

「おまえは、私を責めているのか」

「いえ、ただ私は同じ轍《てつ》は踏まないと申し上げているのです。私はおじい様の言いなりになどなりません」

「なんだと？」

「私は自分で選んだ人と香月流を守っていきたい。おじい様の助けはいりません。失礼します」

「智明、待ちなさい！」

幽玄様が止めるのもかまわず、ドアが開く。

まずい！と思った時は遅かった。

「えっ、結月？　どうしてここに？」

「羽根木さんに用事があって。驚かせて申し訳ありません」

慌てて謝ると、羽根木さんが口もとに人差し指をあて、静かにするようジェスチャーをする。手招きされしばらくついていくと、羽根木さんはエレベーターホールで立ち止まった。

「結月さ、どこらへんから聞いてた？」

「えっと、申し訳ありませんが、お断りします、って羽根木さんがおっしゃったあたりからです」

「そっか……。結月、今手空いてる？　ちょっとお茶でもしようか」

「え、今から？　でも羽根木さん、この後のご予定は？」

夕方から本部で打ち合わせってスケジュールに書いてなかったっけ？

「今ので終わりだから大丈夫」

打ち合わせって、幽玄様との約束のことだったんだ。

「九階にあるカフェ、結月はまだ行ったことがないでしょう？　俺が案内するから行こう」

「あ、でも、まだ私は仕事が……」

「今日はもういいよ。葛城には俺から連絡入れとく」

あたふたする私を無理やり引きずって、羽根木さんはエレベーターに乗り込んだ。

羽根木さんに連れてこられたのは、香月流本部ビルの九階にあるカフェだった。本部内にあるとは聞いていたけれど、私は中に入るのは初めてだ。

「これは智明様、いらっしゃいませ」

白髪の渋いウェイターが、お店の入り口で出迎えてくれた。

「おつかれ、木村《きむら》。奥の個室借りていいかな」

「かしこまりました」

案内され、個室に入る。十畳ほどのスペースにゆったりとしたソファとテーブルのセットが置かれ、中はくつろげる空間になっている。

羽根木さんの向かい側に座ろうとすると、羽根木さんが「結月、こっち」と自分の隣を指差して、私に手招きをした。

「ここに座って、窓の方見てみて」

「こうですか？　……わあっ！」

窓際の飾りテーブルには、少し高さのある透明なガラスの器に生けられた立派な藤の枝と板宿楓《いたやかえで》の作品が飾ってあった。

「葛城の作品だよ。品があるだろ」

「本当ですね。素敵です」

ピンと伸びた枝から垂れるまだ短く蕾がちの藤の花と若々しい板宿楓《いたやかえで》の組み合わせはさっぱりと美しく、清々《すがすが》しい。

「藤の花が開けば、今度は妖艶さが顔を出す。楽しみだな」

羽根木さんの説明をうなずきながら聞いていると、先ほどの木村さんがメニューを持ってきてくれた。

「なんでも好きなものを頼んでいいよ」

「あ、ありがとうございます」

羽根木さんにもよく見えるよう、メニューを開げて少し体を寄せる。おいしそうな色とりどりの季節の上生菓子が載っているけれど、幽玄様と言い合っていた話の内容が気になって、なかなか選べない。

「どうした結月？　お腹空いてないの？」

メニューを前に上の空の私を、向かい側から羽根木さんが心配そうに覗き込む。

「いえ、たくさんあって選びきれなくて」

「じゃあ俺のおすすめでいい？　木村、これをお願い」

間に鶯《うぐいす》色の羊羹《ようかん》を挟んだ浮島と桜をかたどった練りきりと抹茶のセットを羽根木さんが指差す。

「俺はコーヒー」

「かしこまりました」

オーダーしていたものが届くのを待って、羽根木さんが口を開いた。

「それで、結月はどうしてあそこにいたの？」

「えっと、羽根木さんに今後のスケジュールを確認してもらおうと思って。これからさらに忙しくなりそうだったので」

羽根木さんも作品制作と生け花の指導で携わった映画が、この夏公開になる予定だ。公開に先駆けて全国の試写会場を回り、舞台挨拶にも参加することになっていた。

「そっか。結月にも大変な思いさせちゃうかもしれないけど、葛城のフォロー頼むよ。あいつ今、俺の秘書業務のほかにも別件で仕事を抱えてるんだ」

「そうなんですね。わかりました」

ふいに会話が途切れ、沈黙が続く。なんとなく気まずくて私は抹茶で口を潤した。

「……羽根木さん、さっきのお話ですけど」

「ん？」とカップに口をつけたまま、羽根木さんが私を見た。

「さっきのって？」

「その、幽玄様との」

「ああ、見合いのこと？」

そう言って、優雅な手つきでカップを置いた。

「今に始まったことじゃないんだ。前にもちらっと言ったことがあると思うけど、見合いの話は昔からあった。その度に断ってるんだけど、じいさんが聞く耳持たなくて」

心底うんざりした顔で羽根木さんが言う。

「羽根木さん、お見合いはしないんですか？」

「……なんで結月がそんなこと聞くの。見合いなんてするわけないだろ。それに、君も聞いてただろう？　俺は絶対に、愛のない結婚はしない」

なぜかむすっとした顔で、羽根木さんがまたカップに手を伸ばす。羽根木さんは黙ったまま、コーヒーを何度か口に運んだ。

「結月はさ、俺が見合いしても平気なわけ？」

「……私、ですか？」

そんなの、平気なわけない。でも、どうして羽根木さんはそんなことを私に聞くの？

「ようやく結月の気持ちも追いついてきたって思ってたんだけどな」

「え？」

追いついてきたって、どういうこと？

羽根木さんがコーヒーをテーブルに置き、体を私の方へ向ける。片手をソファの背もたれに置いて、ふたりの間の距離を詰めた。

「結月は天然なの？　それとも、わざととぼけて俺のこと煽ってる？」

「あ、煽ってる？」

羽根木さんが言っていることの意味がわからず、思わず首をかしげると、羽根木さんが苛立たしげに眉根を寄せた。

「俺ばっかりこんな気持ちにさせられて、……結月はずるい」

次の瞬間、羽根木さんは右手の先でそっと私の肩を押した。

「あっ……」

バランスを崩し、背中から倒れ込む私を、羽根木さんが上から覆いかぶさるようにして覗き込む。息をのんだ瞬間、羽根木さんが私の両肩の上に手をついて、ソファと彼の間に私を閉じ込めた。

「は、羽根木さん!?」

「やっと意識してくれたと思ったのに」

羽根木さんが私の前髪をかき上げ、ゆっくりと顔を近づけてくる。

「鈍い子には、やっぱり実力行使するしかないみたいだ」

「ひゃ……」

羽根木さんの唇が、いつかみたいに私の額に触れた。ちゅ、と小さく音がしたかと思うと、まるで壊れものを扱うかのように優しく、額から鼻筋、閉じたまぶたの上へと触れていく。

……羽根木さんの方こそ、ずるい。

『好きになって』って言われたと思ったら『忘れて』って言われてなかったことのようにされて、今度はこんなふうに触れられて。

こんなことされると、自分が羽根木さんの大切なものになったような気分になるじゃない……。

唇の感触が消え、恐る恐る目を開ける。してやったり、みたいな顔をしているんだろうなと思いきや、意外にも羽根木さんは切なげな表情で私を見下ろしていた。

「どうしてこんなことばっかりするんですか……」

「……わからない？」

「わかりません」

私が即答すると、羽根木さんは苦笑いを浮かべた。

「だって、羽根木さんは私に『忘れて』って言いました」

誰だって、『また好きになって』なんて言われたら、どうしたって期待してしまう。

それを『忘れて』なんて言われて。

だから私は、『羽根木さんは私とは住む世界が違う人だ』って一生懸命言い聞かせて、本気に取らないようにしてきたのだ。

……それでも、気持ちは抑えられなかったのだけれど。

羽根木さんは私の手を引いて体を起こした。再びソファに座って向かい合う。

「あの時俺が忘れてって言ったのは、結月の気持ちがまだ俺に向いていないってわかったからだよ」

「え？」

「だから、無理強いするんじゃなく、結月の気持ちが俺に向くのをゆっくり待とうと思った」

それで、羽根木さんは私に『忘れて』って言ったの？

くすっ、と私が笑いをこぼすと、羽根木さんは驚いた顔で私を見た。

「あんなふうに熱っぽい瞳で見つめられて、抱きしめられて。それで『忘れて』って言われて、忘れられるわけがないじゃないですか……」

あの日以来、羽根木さんの存在は私の中でどんどん大きくなっていった。

羽根木さんも、私と同じ気持ちだって思っていいの……？

「羽根木さんの、ねばり勝ちです」

「結月、それって……」

羽根木さんの服の袖を引っ張って、少し屈むようお願いする。彼の耳もとに顔を寄せ、小さな声でつぶやいた。

「また、あなたを好きになってしまいました」

私が言うと、羽根木さんしばらく呆然とした後、あのたまに見せるくしゃくしゃの笑顔を見せ、私を抱きしめた。


五月中旬の金曜日。私と葛城さんは、羽根木さんが受けた雑誌の対談企画で、都内の老舗ホテルの一室に来ていた。

対談相手はルトロワのパーティーでも一緒になった、今最も旬の女優、氷見彩華さん。

彼女は、今回羽根木さんが作品提供などで関わった映画の主役を務めている。今日の対談は、そのプロモーションも兼ねた企画なのだ。

人気女優の取材ということもあって、用意されたのはプレミアムタワーフロアの最上階にあるスイートルーム。広さ百平米以上、窓の向こうには銀座の街が一望できる、なんとも贅沢な空間だ。

せっかく羽根木さんと想いが通じ合ったというのに、あの日以降、私と羽根木さんはふたりでゆっくり過ごす時間が取れていない。

もともとタイトなスケジュールだったのに加え、五月に入るとすぐに映画のプロモーションの仕事が始まった。羽根木さんが忙しいということは、それに付き添う葛城さんや私も当然忙しくなるわけで……。

羽根木さんと氷見さんが対談の時に使う予定の、座り心地のよさそうなソファ。今もしあそこに腰掛けたら、三秒で寝てしまう自信がある。

「結月さん、すみません」

羽根木さんの準備を終え、部屋の隅に立ち氷見さんの到着を待っていると、部屋の入り口にいる葛城さんに手招きされた。

「葛城さん、どうされました？」

「ちょっとお話が」

出版社のお偉いさんやカメラマン、編集者ほかたくさんのスタッフでざわめく部屋を出て、葛城さんの後に続く。廊下の突きあたりまで進むと、ようやく葛城さんが口を開いた。

「今月下旬のことなんですが、実は私は、出張で海外に行くことになっています」

「えっ、海外ですか？」

「はい。智明様の代わりに海外支部で開催される花展を回らなくてはなりません」

羽根木さんが言っていた別件ってこのことなのかな。ルトロワでのパーティーを皮切りに、葛城さんの海外支部統括就任に向けて、香月流の内部では、もう動きだしているのだ。

……でも、ちょっと待って！　それって葛城さんがいない間、私が葛城さんの代わりを務めなくちゃいけないってことだよね？

「葛城さん、ちなみにどのくらいの期間行かれるんですか？」

「今回は上海《シャンハイ》から入って深圳《シンセン》、香港《ホンコン》を回り、最後はシンガポールへ向かいます。十日間ほどの予定です」

「ええ、十日間も!?」

私の不安を感じ取ったのだろう。情けない声をあげる私に、葛城さんは優しい目を向ける。

「大丈夫ですよ。智明様のこと、いろいろ気遣ってくださっているようですし、結月さんにならば、安心して智明様のことを任せられます」

羽根木さんのアシスタントになって約一カ月半。私なりに考えてしてきたことは、間違いでも見当違いでもなかったと思っていいのかな？　葛城さんの言葉に、少しだけ自信をもらう。

「それともうひとつ」

えっ、まだなにかあるの？

これから食らう衝撃に備え、私はごくりと唾をのみ込んだ。

「氷見様のことです」

「氷見様って、今日の対談相手の氷見彩華さんですか？」

「そうです」

先ほどより一段と声を抑え、葛城さんがうなずいた。

「その、氷見様は智明様に非常に関心がおありになるようでして」

「……やっぱり」

「お気づきでしたか」

「はい」

ルトロワでの一件といい、氷見さんが羽根木さんに好意を寄せているのは、はたから見ていても明白だ。

「今後映画のプロモーションの仕事が増えて、氷見様との接触が増えます。氷見様はかなり積極的な方なので、智明様もお困りになることが多いのです」

「つまり、氷見さんが必要以上に羽根木さんに近づかないよう見張っていてほしいと」

「そういうことです」

「はぁ……」

葛城さんに言われ、考え込んでしまった。通常のアシスタント業務をこなすだけでも精いっぱいなのに、私にあの氷見彩華をかわすなんてことできる？

「お願いです。結月さんだけが頼りなのです」

「わ、わかりました」

どう考えても不安しか感じないけれど、葛城さんの頼みを断ることなんてできないし、それがアシスタントの仕事だと言われれば、とにかくやるしかない。私は大きな不安を抱えつつも、仕方なくうなずいた。

「映画『花酔い』の中で氷見さんは、戦後没落した水鏡流《すいきょう》を女手ひとつで立て直した家元、水瀬響子《みなせきょうこ》を演じていらっしゃいますが、どうでしたか、華道家を演じてみられて」

「そうですね。戦後誰もが食べていくだけで精いっぱいという時に……」

予定より十分ほど遅れて、対談が始まった。

生で見る氷見彩華は、テレビや雑誌で見るより数倍綺麗だし顔も小さいし、手足が長くてスタイルもいい。そして驚くほど細い。

対談の内容からも、与えられた役に真摯に向き合ってきたことがうかがえて、話しぶりも偉ぶったところなんてひとつもなく、とてもチャーミング。こんなにパーフェクトな人からの好意にも、羽根木さんは動じないなんて……。

氷見さんにもなびかないのに、私になんて本当にあり得る？　羽根木さんのことを信じられないわけじゃないけど、芽生えた不安がちくりと胸を刺す。

「……あ！」

それに、気がついてしまった。そういえば、私はまだ、羽根木さんから『好き』って言われていない。

……たまたま、だよね？　うん、きっとそう。だってその証拠に羽根木さんは私の告白を聞いて、ぎゅっと抱きしめてくれたもの。

ちくりと刺さった不安が、じわじわと私の心を侵食していく。

もやもやと考えているうちに、あっという間に時間は過ぎて対談は終了となった。

「羽根木さん、お疲れさまでした」

別件で席をはずしてしまった葛城さんの代わりに、対談終了後は私が羽根木さんのサポートに回った。

「ああ、お疲れ。あのさ、次の予定までどれくらい時間ある？　できたらちょっとなにかつまんでおきたいんだけど」

「あ、私サンドイッチ作ってきてます。この後の移動の時にお出ししますね」

「さすが結月、気が利くな。助かるよ」

「は、羽根木さん。今はまだ仕事中ですよ？」

仕事中は羽根木さんなりにけじめをつけて、いつも私のことは『藤沢』って呼ぶのに。

「別に、呼び方くらい気にしなくてもいいんじゃない？　それより結月はいつまでそんなに他人行儀なの？」

「えっ？」

「いいかげん、ふたりになった時くらい、名前で呼んでよ」

「えーっ⁉」

そんな、いきなりハードルが高すぎるよ。

「結月？」

「あの、えっと……」

「なに？　聞こえない」

「……智明、さん……」

「うーん、ぎりぎり合格かな。結月にしては、よくできました」

なんとか絞り出すように言うと、わしゃわしゃっと智明さんが私の頭をなでる。

「はい結月、俺は誰？」

「と、智明さん」

「あと五回言って」

「智明さん、智明さん、智明さん……って、なにやらせてるんですか！　次の予定の時間が迫ってるんで、もうここを出ますよ」

「あーあ、結月が正気に戻った」

なんて言って、智明さんはケラケラ笑っている。

お世話になった数人のスタッフたちにお礼を言い、仕事モードに切り替えて、この後の予定を話しながら対談場所のスイートルームを出た時だった。

「羽根木先生、お疲れさまでした」

ふわりといい香りがして振り返ると、氷見さんが智明さんを追って廊下に出てきていた。

うわぁ、氷見さんって間近で見ると本当に綺麗。とても私と同じ人間だなんて思えない。肌なんて、まるで陶器でできているかのようにツルツルだ。智明さんとふたりで並ぶと、悲しいけれど、やっぱりとてもお似合いだな……。

「氷見さんこそ、お忙しい中ありがとうございました」

聞けば、氷見さんは人気女優というだけあって、夏から始まる連続ドラマの収録をしつつ、映画のプロモーションを行っているらしい。来年の大河ドラマの主演にも決定しているという。

過密スケジュールの中、映画のスポンサーたっての依頼で、ようやく今回の対談が実現したということだった。

「いえ、先生とご一緒できて光栄でした。マネージャーから聞きましたけど、地方での舞台挨拶にもご一緒していただけるとか。ぜひご案内したいお店があるの。今から楽しみです」

「そうですね、時間が合えばぜひ」

優雅な笑顔でそれとなく食事に誘う氷見さんに対し、智明さんは今日もあたり障りのない返事をしている。誰に誘われても、いつもこんなふうにさらっとかわしているのかな。

「あら、あなたはたしか」

「はい、アシスタントの藤沢です。氷見さん、先日のパーティーお疲れさまでした」

うっとりと智明さんに見とれていた氷見さんが、今初めて気づいたとでも言いたげに私を見た。

すみません、こんな一般庶民が智明さんのそばにいて、と小さくなって頭を下げる。

「……珍しいですね。先生が女性のスタッフを連れてらっしゃるなんて」

前回は言葉を濁していたはず。でも今回は、氷見さんははっきりと智明さんにそう告げた。探るような視線を感じ、背中がひやりとする。

「今までは女性の方はお断りしてましたが、彼女には私たっての希望で入ってもらったんですよ。大学を出たばかりですが、勉強熱心で気遣いもできるし、とても頼もしいんですよ」

智明さん、氷見さん相手に褒めすぎじゃないかな……。それとも氷見さんのこと、わざと煽っているんだろうか？

「ゆくゆくは、彼女に葛城の後を任せたいと思ってます」

「智明さん！　そのことはまだ……」

智明さんの中では、もう決定事項？　でも、香月流の中で正式に決まってもいないのに、漏らしてしまっていいのかな……。それに、幹部の人たちが、正式に私のことを智明さんの秘書と認めてくれるかもまだわからないのに。

思わず智明さんを遮ると、彼は、私にしかわからないくらい微かな笑みを浮かべた。

……あれ、私なにかやらかした？

「今すぐってわけじゃないよ、安心して結月。葛城の後任を任せるのは、君がちゃんと仕事を覚えて葛城からOKもらってからだ」

「ええ、でも……」

いくらなんでも外部の人に言ってしまうのは時期尚早じゃない？　こんなの、なんだか智明さんらしくない。

「俺もサポートするから大丈夫。結月は本当に心配性だなぁ」

困惑してあたふたしていると、気持ちを落ち着かせるように智明さんが優しく私の肩を抱いた。

「ちょっ、智明さ……」

「んん！」と咳払いの音が聞こえたかと思うと、氷見さんの物言いたげな視線とぶつかった。

「す、すみません」

「いえ」

しまった！　私たち今、氷見さんそっちのけだった！

「その、よかったらこの後お食事でもと思っていたんですが。ごめんなさい、ドラマの収録に戻る前に、もう一本取材が入っているのを忘れていました」

「ああ、そうなんですか。それは残念です」

智明さん、絶対にそんなこと思っていない。わざとらしく残念がる様子に、見ているこちらの方がヒヤヒヤしてしまう。

しかし氷見さんもそこはプライドがあるのか、いっさい態度に出さない。

「次お会いできるのは試写会かしら。お先に失礼させていただきますね」

「はい、それではまた」

「藤沢さんも失礼します」

「お、お疲れさまでした！」

氷見さんは、少しの感情も表に出さず、にこやかな笑みを浮かべてこの場を去っていった。だんだん小さくなるうしろ姿まで気品にあふれ美しい。

ちょっと押しが強いけれど、一流の女優としてやっていくには、それくらい気が強くなくてはダメなのかもしれない。

「はぁ、素敵な人ですねー」

思わず感嘆のため息が漏れる。辺りにはまだほんのり氷見さんの香水の残り香が漂っていて、私は氷見さんが残した余韻から抜け出せない。

「あの、智明さんの理想のタイプって、どんな女性なんですか？」

「なに、急に」

「や、だって。普通なら、氷見さんみたいに綺麗で素敵な人に好意を寄せられたら、うれしくないはずがないですよね？」

しかも国民的人気女優だよ。断る理由が見つからない。

氷見さんがダメで私って、ひょっとして、智明さんってちょっと変わってる？

「理想とかタイプなんて、人それぞれだろ。それに、結月は氷見さんに心酔してるみたいだけど、氷見さんって本当はもっと肉食系だよ。ふたりきりの時とかグイグイくる」

「えっ、本当ですか？」

たしかに押しは強いとは思ったけれど、そんなに？　あの可憐な風貌からはちょっと想像できない。

「世間一般の人があの人のことをどう思っているかは知らないけど、俺には氷見さんじゃないんだよ。それに仕事上の付き合いだからって下手に食事なんか行っておもしろおかしく報道されて、ＳＮＳとかで炎上されても困るしね」

そっか、有名人同士だと、そういう心配もしなくてはいけないんだ。私たち一般人には、想像の及ばない世界だなと、改めて思い知らされる。

「それくらい、結月はわかってると思ってたけど」

「え？」

「いや。そんなことより、さすが結月。いい仕事してくれたよね」

「え、私なんかしましたっけ？」

満足そうに微笑む智明さんを見て、私は首をかしげた。

「気づいてないの？　結月、あの人の前でも俺のことを名前で呼んだんだよ」

あっ、そういえばそうだったかも！　その前に、『智明さん』って呼ぶようにさんざん練習させられたからな……。

「ん？　ちょっと待ってください。でもその後、智明さんも私のこと下の名前で呼びましたよね？」

「そうだっけ？」

「智明さん、まさか……」

なんてこと、この人私のうっかりミスを利用したんだ！

「結月につられたんだよ。俺は悪くない」

「嘘です！　絶対わざとですよね？」

「どうだろうね」

なんて言ってはぐらかそうとする。智明さんってやっぱり腹黒い！

「きっと氷見さんは、俺たちのこと怪しいって思ったよね。まあそんなことであっさり引くような人じゃないとは思うけど、少しはダメージくらったんじゃない？」

そう言って、智明さんは質《たち》の悪い笑みを浮かべる。なんて人なの！

でも、葛城さんも仕事の一環としてやっていたという、『智明さんに不用意に女性を近づけない』っていう業務を、無意識のうちに私もやっていたってことにならない？　アシスタントとしての責務は果たしたことになるのかもしれない。それでもやっぱり複雑だよ……。

「ほんと、結月は優秀なアシスタントだよ。氷見さんのことはもういいからさ、早く結月のサンドイッチくれないかな」

「そんな、おだててもダメですよ。それにサンドイッチなら移動の時にお渡ししますって言ったじゃないですか。智明さん、お行儀悪いですよ」

「結月って、本当に頑固者だよね」

「なにか言いました？」

「いや、なにも。俺着替えてくるね。次の現場にすぐ移れるよう用意してて」

そう言って、智明さんはさっさと着替えに行ってしまった。その姿を見送って、私は複雑な思いでため息を吐き出した。

たぶん智明さんは、氷見さんを牽制するために、わざと人前で私のことを下の名前で呼んだり、肩を抱いたりしたんだろう。

なんだか私のこと、利用したみたい……。

大丈夫、だよね？　智明さんの気持ちは、ちゃんと私に向いている、はず……。そんなふうに考えてしまうのは、自分に自信がないからだ。智明さんも言っていたように、自信を得るためには、自分で努力するしかない。

「ダメダメ、ちゃんと仕事に集中しなくちゃ！」

周りに誰もいないのを確認して、私は両頬をパンパンと叩き、もやもやした心を振り払った。

やっぱり、私じゃなかった

週末、仕事が休みの私は、いつものように生け花の稽古のため、香月流東京本部に顔を出していた。

稽古終了後、この後打ち合わせがあるという智明さんを見送り、後片づけをして教室を出る。教室の鍵を返すため、一階にある事務所に行こうとエレベーターホールに向かった時だった。

「あら、藤沢さん？」

聞いたことのある声だなと思って振り返ると、なんと着物姿の松原さんが立っていた。

「松原さん！　こんにちは。お久しぶりです」

松原さんと会うのはルトロワのパーティー以来。体調を崩して挨拶もそこそこに会場を出てしまったことをずっと後悔していた私は、ようやく直接松原さんにお詫びできてホッとした。

「先日はご迷惑をおかけして、すみませんでした。着替えまで手伝っていただいたのに、きちんとご挨拶もできなくて」

私がぺこりと頭を下げると、「ああ、いいのいいの」と両手を振る。

「元気になったみたいで安心したわ」

そう言って着物の袖を押さえ、私の頭をよしよしとなでてくれた。

「ところで今日はどうされたんですか？」

今日の松原さんは、桜を散らした可憐な江戸小紋を着ている。髪も綺麗に結い上げ、清潔感のある襟足に爽やかな色気が漂っていて、つい見とれてしまう。

「実は私も、ここで生け花を習っているの。今までは週一回だけだったんだけど、夏までにどうしても師範の免状をもらいたくて、お稽古の回数を増やしていただいたの」

「そうなんですか」

ただの稽古なのに、わざわざ着物姿？とも思ったけれど、着物が好きで普段から着ている人なのかもしれない。

もうすぐ師範代に手が届くということは、結構長い期間生け花を習っているはず。そう思って聞いてみると、松原さんは大学在学中から香月流本部で学んでいると言う。

「すごいですね、もうすぐ師範だなんて」

「仕事をしながらだから思っていたよりも時間がかかってしまったけど。ずっと師範の免状をいただくことが私の目標だったから」

そう言って、まぶしいほどの笑顔を見せる。

仕事だけでなく、趣味で始めた生け花も究めようとがんばる松原さんを見ていると、私まで励まされる。

教室の前でしばらく立ち話をしていると、見覚えのある和服姿の年配の女性がやって来た。

「葛城先生、こんにちは」

「あら藤沢さん。今日もお稽古？　熱心ね」

葛城さんのお母様だ。香月流の幹部のひとりで、本部でもたくさんの教室を持っている。着物への造詣も深く、特に女性に人気のある先生だと聞いている。

「千紗都さんもいらしてたのね。お待たせしたかしら？」

「いえ、私は今着いたところです。葛城先生、今日はよろしくお願いします」

下の名前で呼ぶくらい親しいということは、松原さんは葛城先生の生徒さんなんだろうか。ふたりは互いの着物を褒め合ったりして、講師と生徒というより、仲のいい親子のように見える。

「藤沢さんと千紗都さんはお知り合いなの？」

「はい、実は先に仕事先で知り合いまして……」

「ああ、そういえばルトロワのパーティーに智明様が作品を出してらしたわね」

私が言うと、先生は納得してうなずいた。

「さあ千紗都さん、幽玄様もいらしてるわよ。稽古の前にご挨拶に行きましょうか」

あれ、千紗都さん幽玄様とお会いするんだ。もうすぐ免状をもらえるそうだし、そのご挨拶かな。

「はい。それじゃ、藤沢さん失礼します。お稽古がんばってね」

「ありがとうございます。おふたりとも失礼します」

かわいらしく手を振る松原さんと、優雅に微笑む葛城先生を見送り、私は鍵を返すために事務所に向かった。


廊下から中を覗くと、事務所の中にはふたりの女性が待機していた。

「すみません！」

部屋の外から声をかけてみたけれど、おしゃべりに夢中なのか、なかなか私に気づかない。

「あの方でしょ、お相手の方。選ばれるだけあって綺麗な方ね！　いよいよ今日は幽玄様にご挨拶されるとか」

「ああそれで、葛城先生も朝からそわそわしてらしたのね」

あれ、これって松原さんのこと？　お相手ってなんのことだろう。

「葛城先生のお話だと、家柄も申し分ないようだし、もうすぐ師範のお免状もいただけるそうよ」

「そうなの。満を持してってわけね。これで香月流も安泰ね！」

これって、まさか……。

「すみません、五〇三教室の鍵、ここに置いておきますね」

「あら、ありがとう。お疲れさまです」

それ以上聞いていられなくて、ふたりにぺこりと頭を下げて事務所を後にした。

行儀が悪いのを承知で、ビルのロビーを駆け抜ける。外に出て、本部が見えなくなるところまで一気に走って、足を止めた。

さっきの話って、智明さんと松原さんのことだよね？

ふたりは結婚を控えていて、今日はその報告のため、松原さんは本部に来た。

幽玄様までいらしているんだもの。智明さんが言っていた打ち合わせって、おそらくこのことだったんだ。

幽玄様が言ってたお見合いの相手が松原さんだったの？　それとも、松原さんがいるから、智明さんはお見合いを断っていたの？

『俺は絶対に、愛のない結婚はしない』

以前、智明さんと交わした会話が頭をよぎる。

智明さんとの距離がぐんと近くなって、これは私に向けて言ってくれた言葉なんだと勝手に思い込んでいたけれど……。

智明さんが今さら自分を取り繕う必要もなく、気心の知れた松原さんとだって、愛のある結婚はできるんじゃないかな。

……なんだ。やっぱり、私じゃなかったんだ。

智明さんは私には手の届かない、遠い世界に住む人。

わかっていたはずなのに、近くにいすぎたせいで勘違いしてしまった。

迂闊な自分が悔しくて、私は人知れず涙をこぼした。

智明さんと松原さんのことを知ってから、私は努めて仕事に集中した。

芽生えてしまった智明さんへの恋心は心の奥底に封印して、彼が仕事に集中できる環境を整える。それが私の仕事であり、私が彼のためにできる唯一のことだと思ったからだ。

事務所を出てエレベーターに乗り、最上階にある智明さんのオフィスに向かう。ドアの前まで来て、一度大きく深呼吸した。

ノックすると、中から「どうぞ」と声がする。

「失礼します」

「結月か、いらっしゃい」

私の名を呼んで、安心したようにふわりと微笑む。胸の痛みには、気がつかないふりをした。

「智明さん、地方支部の秋の花展の日程を確認したいのですが、今お時間よろしいですか？」

「もうそんな時期か。いいよ」

デスクを離れ、中央の応接セットに智明さんと向かい合って座った。

花展の日程をひと通り確認し、秋以降のスケジュールと照らし合わせながら、どの支部に顔を出すかおおよその見当をつけていく。一カ月後に再度確認することにして、打ち合わせを終えた。

「秋の地方巡りの時は、もうちょっと時間的に余裕があったらいいね。結月を連れていきたいところがたくさんあるんだ」

その頃には、もうこの気持ちにも折り合いがついて、純粋に智明さんと過ごす時間を楽しむことができるだろうか。

「そうできるよう、スケジュールの調整がんばりますね」

笑みを貼りつけて、智明さんの希望を【秋】【地方】【余裕のあるスケジュールで】とメモに取る。今は智明さんの優しさも、ただただ胸が痛い。

智明さんはソファに深く腰掛けて軽く伸びをすると、向かい側に座る私を見つめた。

「結月もだいぶ仕事に慣れてきたみたいだね。この調子なら、思っていたよりも早く葛城の代わりを任せられそうだ」

「そんな、私なんてまだまだです」

「いや、予想以上によくやってくれている。俺も葛城も助かってるよ」

「……ありがとうございます。もっとお役に立てるようがんばります」

優しく微笑む智明さんから、つい目を逸らしてしまう。褒められてうれしいけれど、舞い上がってはいけないと自分に厳しく言い聞かせる。そんな私に、智明さんがうかがうような視線を送る。

「ねぇ結月、なにかあった？　最近、あまり元気ない気がする」

「……そんなことないですよ。元気です」

視線は合わせないままで、口もとだけで笑みをつくる。でもそんなもので智明さんを納得させることはできなかった。

「……俺のこと、避けてるよね？　俺なにかした？」

メモを取っていた手がこわばった。そんなに態度に出ていたかな。仕事に集中して、極力私語を交わさないようにしていたのが仇になった？

「なに言ってるんですか。そんなことあるわけないじゃないですか」

資料を抱え、席を立つ。

「待てよ。ちゃんと話をしよう」

ドアに向かおうとした私の腕を、智明さんが掴んだ。物言いたげな瞳が私を捉える。大好きな智明さん。でも今はその姿の向こうに、着物姿で幸せそうに微笑む松原さんの顔が浮かぶ。

見つめ合うことに耐えきれず、私の方から先に視線を逸らした。

「……やだなぁ、智明さん。お話しすることなんてありませんよ。父のところに寄りたいので、今日はこれで失礼しますね」

「結月！」

智明さんの手を振り払い、私は彼のオフィスから飛び出した。エレベーターのボタンを連打して、一気に一階まで下りる。

「お先に失礼します。お疲れさまでした！」

事務所にいたスタッフに頭を下げて、脇目もふらずビルの入り口を目指した。

駅までの道を足早に歩く。体の底から込み上げてくるものをこらえ、唇を強く噛む。息が苦しい。胸が痛い。智明さんの気配を感じる場所から一刻も早く逃げ出したい。行き場のない気持ちを抱えて駅に飛び込み、家路へ急ぐ人たちで混雑した電車に乗り込んだ。


夕食の配膳があったためだろうか。病室のドアは、開け放たれていた。中を覗くと、夕食を終えた父が、ベッドを起こしたままで寛いでいる。父の手もとに、なにか白っぽい小さな紙切れがあるのが見えて、足を止めた。

あれは、たぶん亡くなった母の写真だ。

買ったばかりの車で、まだ生まれて間もない私を連れて、海までドライブをした時のものだと、いつか父に教えてもらった。

「父さん」

「ああ、結月。来たのか」

「うん。これ、出してくるね」

夕食の食器を廊下のワゴンカートに置きに行き、ベッド脇のパイプ椅子に腰掛ける。

「母さんの写真を見てたの？」

手を伸ばすと、父は私にその写真を握らせた。

「ああ、美人だろう？」

「うん」

私が大きくうなずくと、父はほんのり頬を染めて、うれしそうに微笑んだ。

「父さんは、今でも母さんのことが好きなのね」

「そりゃあ、一生の愛を誓ったからな」

『一生の愛』その言葉が、私の胸にずしりと響く。

もしかしたら、私もそれを手に入れたのかもしれない、なんて。

なんの確証もないのに、勝手にそう思い込んで、浮かれていた少し前の自分が恥ずかしい。

「どうした結月、元気ないな。仕事でなにかあったのか？」

ジッと考え込む私を、父が心配そうに覗き込んだ。

「ううん、仕事のことじゃなくて……」

父には、実は智明さんとの記憶がないことを話していなかった。まだまだ本調子ではない父に、余計な心配をかけたくなかったから。

でも、父に聞けば、なぜ私が智明さんのことを忘れてしまったのか、手掛かりがつかめるかもしれない。そう思った私は、ようやく重たい口を開いた。

「あのね、父さん。実は私……智明さんのことを覚えてなかったの」

「……そうなのか?」

驚いた顔で聞く父に、コクンとうなずいた。

「母さんが亡くなったことが本当にショックで、もともとあの頃の記憶は曖昧なんだけど……。智明さんのことは本当に綺麗さっぱり覚えてないの。どうしてなのか、自分でもよくわからなくて」

父は私の話を聞いて考え込むと、おもむろに話し始めた。

「父さんな、よく智明くんのことをうちに招いてたんだよ。ちょっとでも家庭の雰囲気みたいなものを味わわせてやりたくて。結月もよく懐いてたし」

「そうだったのね」

「母さんの葬式にも来てくれたんだ。でも、その後に、『もう会いに来なくていいし、俺からも会いに行かない。結月にはもう圭吾さんしかいないから、これからは結月だけの父親になってあげてほしい。自分はもう大丈夫だから』って言いに来たんだ」

母が亡くなったのは、今から十五年前。智明さんがまだ十一歳の頃だ。そんな小さな身で、肉親代わりであった父から離れる決心をしただなんて。

「智明さんはやっぱり、優しすぎる……」

我慢は限界を超え、私の目からとうとう涙があふれ出した。

智明さんは、昔から変わっていない。どんなに寂しくても自分は我慢をして、ほかの人の幸せのために動ける人。

今も、昔も、こんなふうに私を思いやって優しくしてくれて。私はもう、どうしたら彼への想いをなかったことにできるのかわからない。

「智明くんが来なくなって、結月一度、大泣きしたんだよ。ひょっとしたら、そのせいかもしれないな」

「どういうこと？」

「智明くんに会えないのが悲しくて、もう会えないのなら、最初からいなかったことにしようと思ったんじゃないか？　だから彼自身のことも彼と過ごした日々の記憶も、綺麗さっぱり消してしまった」

「……そんな、まさか」

でも、父の言うとおりなのかもしれない。そうじゃないと、そこまで懐いていた智明さんのことをすべて忘れてしまうなんておかしい。

たとえ智明さんが松原さんを選んだとしても、もう私は、昔のように、智明さんのことをなかったことにはできない。

私、やっぱり智明さんのことが好きだ。なにがあっても、この想いは揺らぎそうにない。

もう無理に想いを封じ込めるのはやめよう。たとえ叶うことのない恋でも、私だけはこの想いを大切にしていこう。

「結月？」

「ありがとう父さん。今日父さんと話せてよかった」

「……そうか」

ここへ来た時とは違う、清々しい気持ちで父の病室を後にした。

触れ合う心

五月も残すところあとわずかとなり、夏の映画公開を前に舞台挨拶のため全国を回る日々が始まった。

今日は札幌《さっぽろ》、翌々日は東京、三日空けて今度は仙台《せんだい》へ飛ぶといった感じで細切れに予定が入り、なんとも忙しない。

加えて、花材の豊富な春と秋は花展の開催がとても多い時期。香月流でも、全国各地の支部主催の花展が多く開催される。

花展といっても、十人ほどが作品を出品して公民館などで行われる小さなものから、デパートの催事場や展示場を貸し切って行われるものまで規模は様々。

さすがにすべての花展を回るのは不可能だけれど、智明さんは舞台挨拶の合間を縫い、せめて大都市で開催される花展には顔を出すつもりだという。

というのも、やはり次期家元が訪れるのと訪れないのでは、地方の会員の士気の高まり方が違うらしい。

フラワーアレンジメントなどの普及に伴い国内での生け花への関心が薄れていく中、

会員獲得はどの流派にとっても最重要課題だ。香月流の伝統を絶やさないためにも、智明さんは自分にできることはなんでもやるという。

「それじゃあ、今回葛城さんが海外に行っているのも？」

「そう、日本国内の会員数が頭打ちの今、海外に目を向けることはとても大切なことなんだ。すでに多くの流派が海外進出を果たしてる。まあそこからどれだけ多くの会員を獲得して、香月流を広めていくかが大きな課題なんだけど」

羽田《はね だ》空港内にある、ＶＩＰ専用ラウンジ。

ゆったりとしたソファでコーヒーを片手にくつろぎながら、智明さんが香月流の今後の展望について話してくれている。

今日は朝六時発の便で福岡《ふくおか》入りし、まずは地元の朝の情報番組にゲスト出演。その後博多《はかた》駅近くのデパートで開催中の花展に顔を出し、午後からは映画の試写会と舞台挨拶に参加する予定だ。

この目の回りそうなスケジュールを、智明さんは毎日淡々とこなしている。

「やっと葛城さんが帰ってきますね」

「そうだな」

葛城さんは十日間の海外出張を終え、明日日本に帰ってくる。一日休みを取って、業務に戻る予定だ。私ひとりで智明さんに付き添うのは、今回の福岡が最後になる。

葛城さんの代役はとても荷が重かった。でも、かなりやりがいがあった。

なによりふたりで多くの時間を過ごしたことで、智明さんの生け花や香月流への強い思いをさらに知ることができた。

地方支部会員さんたちへの心からのねぎらいも、映画の試写を見に来てくれたファンの人たちへのきめ細やかな対応も、各会場で裏から支えてくれているスタッフたちへの気配りも。ずっと間近で見てきたけれど、智明さんはいつでも完璧だった。

智明さんは〝いけばな王子〟を演じているのではない。

すべては香月流の発展のため。少しでも多くの人たちに生け花に興味を持ってもらえるようにと取り組んできた結果、彼は〝いけばな王子〟と呼ばれるようになったのだと思う。

「アルバイトなのに、葛城の代わりに出張までさせて悪かったね。この十日間は、圭吾さんのところにも、あんまり行けなかったんだろ？」

父からも『智明くんにしっかり鍛えてもらいなさい』と言われたことだし、葛城さんが不在の間は、私から進んで残業をさせてもらった。

「大丈夫ですよ。週に何回かは行けましたし、父も退院間近ですし」

そろそろ退院の日程を決めましょうと担当医から話があったらしい。羽田に着く前に、スマホに父からのメッセージが入っていた。

「……そっか」

私の返事に、智明さんがホッと安堵の息を吐く。

「退院の時は、俺も圭吾さんを迎えに行きたいな」

「きっと退院は平日の日中ですよ。患者さんがたくさんいるのに、智明さんが病院に顔を出したら、大騒ぎになっちゃいます！」

「ええ、ダメかなぁ」

「ありがとうございます。お気持ちだけで十分です」

お礼を言う私を、智明さんがじーっと見ている。

「……どうかされました？」

「いや、結月がまた前みたいに話してくれるようになったな、と思って」

そう言って、智明さんは優しく笑う。心配させてしまったことが申し訳なくて、私は智明さんに頭を下げた。

「すみませんでした、おかしな態度取って……」

「元に戻ったし、もういいよ。でも、そうなった理由を聞かせてもらえたらうれしいけど……」

「理由、ですか」

あなたと松原さんのことを知って、嫉妬したからなんです。なんてこと、言えるはずがない。

「……いろいろ重なって、疲れがたまってたんだと思います。勝手にイライラして、周りに気を配る余裕もなくて。私の甘えでした。本当にすみませんでした」

「なんだ、そうだったんだ……。誰にでも、そういう時はあるよ。気にしないで」

自分のせいじゃないと知って安心したのか、智明さんは表情を明るくした。優しい言葉に、また胸がキュッと締めつけられる。

ああ智明さん、あなたのことあきらめなくちゃいけないのに、また好きのランクが、ひとつ上がってしまいました……。

自分の想いを受け入れて、余裕を取り戻した私には、もうひとつ気になっていることがあった。氷見さんのことだ。

「智明さん、氷見さんの件はその後どうですか？」

「うーん、そうだね。なかなかあきらめないよね、あの人も」

まだ半分ほど残っているコーヒーのカップを置き、智明さんはため息をついた。

余裕のあった前回と違い、どうやら今回は本当に参っているらしい。

雑誌の対談の後、氷見さんからお誘いの電話があり、その時に智明さんは、事を荒立てないように、やんわりと断ったそうだ。でも、氷見さんにはうまく伝わっていなかったようで。

地方での舞台挨拶の際は、泊まりの日もあったから私もなんとなく気づいていた。智明さん曰く『肉食系』の氷見さんは、どうやら宿泊先のホテルで周囲の目を忍び、智明さんの部屋を何度か訪れたらしいのだ。

もちろん智明さんは部屋に入れてはいないと思う。

最初は『忙しいから』と断っていた女性ファッション誌のエッセイの連載を急遽引き受けたのは、おそらく氷見さんからの誘いを断るためだ。

『仕事が残っているから』と断ると、さすがの氷見さんもおとなしく引き下がってくれるらしい。

そのぶん忙しさが増した智明さんの体を、私はとても心配していた。

「すみません、なにもできなくて」

対談の時の『恋人関係匂わせ攻撃』も、結局はなんの威力もなかったということだ。

そりゃそうか。天下の〝いけばな王子〟のお相手がこんな平凡な女の子で、しかもアシスタントだなんて、いくらなんでも信じられないよね。

「いや、結月のせいじゃないでしょ。気にしないでよ」

「でも……」

それに似たようなことが起きた映画の撮影中は、葛城さんが智明さんと同室になって、氷見さんの押しかけ攻撃を防いでいたらしい。

「次回の名古屋《なごや》からは葛城も同行するし、前みたいに同じ部屋にしてもらうよ。葛城は、まあ嫌がると思うけど」

松原さんとのこともあるから、早くどうにかしなきゃいけないのに。この件に関しては、私はなんの役にも立てていない。

力なく笑う智明さんを見て、情けなさが込み上げた。

福岡での試写会は、盛況のうちに幕を閉じた。

そして今夜は、この後宿泊先のホテルで地元のスポンサー主催の打ち上げがある予定だ。

「それじゃあ私は先に部屋に戻らせていただきますね」

「え、どうして？　結月も一緒じゃないの？」

試写会の会場からいったんホテルの部屋へ戻り、打ち上げの会場となっているチャイニーズレストランの場所を案内した時だ。智明さんが突然そう言った。

「残念ですけど、今夜は出演者の皆さんや映画関係者の方のみのご招待なんです」

「あー、そうなんだ。じゃあ仕方ないね」

口ではそう言いながら、どことなく憂鬱そうなのはひょっとして……。

「氷見さん、ですか？」

「あー、うん。まあね」

やっぱり。

どれだけ押しても陥落しない智明さんに痺《しび》れを切らしたのか、今日の氷見さんはかなり大胆だった。

舞台挨拶前の打ち合わせでも智明さんのそばに座って離れないし、試写会終了後のインタビューでも聞かれもしないのに撮影中の智明さんとの仲良しエピソードを披露する始末。

壇上で苦笑いする智明さんを見て、私はハラハラし通しだった。

「頃合いを見てお迎えに上がりましょうか？」

「いや、まあ大丈夫。何時になるかわからないし、危険を感じたらしれっと抜け出すよ。このところずっと忙しかったたし、結月はゆっくり休んでて」

なんてことを言いながら、自分の方こそいかにも疲弊しきった笑みを見せる。

「困ったことがあったら必ず連絡くださいね。あと、お部屋にお戻りになった後も」

「うん、そうするよ。ありがとう」

軽やかに手を振って、智明さんは打ち上げ会場へと向かった。

「はぁーっ、疲れた！」

部屋に戻り、メイクも落とさずベッドに飛び込んだ。

シャワーを浴びる気も起きず、ベッドに大の字になって目をつむる。

浮かぶのは昼間、我が物顔で智明さんを独占していた氷見さんの姿。

主演女優である氷見さんの機嫌を損ねたくないから、みんな見て見ぬふり。

智明さんだけが、氷見さんに気を使ってくたくたになっているのが見て取れて、とてもつらかった。

葛城さんだったら、きっとうまく氷見さんを説得して、智明さんが仕事に専念できるようにしてあげただろう。

見ているだけでなにもできなかった自分が不甲斐なくて涙が出そうになる。

智明さんのことだもの、ああ言ってはいたけれど、きっとなにか起きても、先に休んでいる私に気を使って連絡なんてしてこないだろう。

「……ダメ、気になる！」

ベッドから起き上がると、サイドテーブルのデジタル時計はあと少しで午後十時になるところだった。

「いくらなんでも、もうお開きだよね」

このままひとりの部屋で、悶々としているなんて性に合わない。

居ても立ってもいられなくなった私は、カードキーを手に部屋を出た。

エレベーターに駆け込み、打ち上げ会場になっている五階を目指す。

扉が完全に開くのを待たず、私は外に飛び出した。

日本料理店やシーフードレストランの前を通り抜け、フロアの最奥にあるはずのチャイニーズレストランを探す。

「あ！」

お店の入り口が見えて足を止めると、レストランの入り口からちょうど智明さんが出てきたところだった。

「智明さ……」

出した声は、尻すぼみになった。レストランを出ようとした智明さんを呼び止め、店の中から姿を現したのは、氷見さんだった。

店の入り口には、ほかの出演者やスタッフたちの姿は見えない。おそらく会がお開きになった後も、氷見さんが智明さんだけを引き留めていたんだろう。

シーフードレストランの壁に隠れている私には、ふたりがなにを話しているのかわからない。でもあきらかに彼は困惑していて、早く部屋に帰りたがっているように見えた。

どんなに智明さんが渋っても、氷見さんは彼を帰そうとしない。

いつまで経っても自分の誘いを受けようとしない智明さんに業を煮やしたのか、氷見さんが智明さんの腕に自分の腕を絡めた。

……嫌だ！　智明さんに触らないで！

「氷見さん、やめてください！」

思わずそう叫んだ私は、ふたりの間に割り込み、氷見さんの腕を智明さんから引き離していた。

「結月、なんで」

息を弾ませて現れた私を見て、智明さんが言葉を詰まらせた。

「……またあなたなの？　アシスタントの分際で余計な口を挟まないで」

「私はただのアシスタントではありません！」

これ以上、優しい智明さんを困らせないで。

でもそれ以上に、もっと強い気持ちが私の中を駆け抜けた。

「智明さんは、私の大切な人なんです。だから、あなたには渡せません、ごめんなさい！」

勢いよく頭を下げ、氷見さんから智明さんの腕を奪い駆け出した。

「おいちょっと！　結月！」

智明さんが叫ぶのもかまわずレストラン街の通路を走り抜ける。ちょうど開いたエレベーターに駆け込み、『閉』のボタンを何度も叩いた。

閉じた空間に、ふたりの荒い息遣いが響く。

『閉』のボタンを押した時に、一緒に階数表示のボタンも押していたようだ。エレベーターがどこかの階に着いて止まった。

手をつないだまま、エレベーターを降りた。

よく確かめずに乗ったから、ホテルの外に出てしまったらしい。

ホテルに隣接するショッピングモールの前に、この施設一帯に広がる人工の運河が見える。

吸い寄せられるように近づくと、水と、なにか植物の青っぽい香りがした。

無言のまま、隣に立つ智明さんを見上げると、私を見下ろす、物言いたげな瞳とぶつかった。

「あの、ごめんなさい。あんなことしてしまって」

智明さんは氷見さんを怒らせないよう、なんとか角を立てずに今日を終えられるよう耐えていたのに。頭に血が上った私が、それを台無しにしてしまった。

映画の仕事はこの後もまだ続くのに、氷見さん側からあらぬクレームがついてしまったらどうしよう。それで智明さんに迷惑がかかってしまったら？

頭の中に、嵐のように後悔が押し寄せてくる。こんなんじゃ、私はアシスタント失格だ。

「いや、謝るのは俺の方。結月にあんなことまでさせて、本当にごめん」

「そんな」

智明さんに謝らせてしまった。悪いのは感情のままに動いた、プロ意識のない私の方なのに。胸がチクリと痛む。

しばらく沈黙が続いて、智明さんが口を開いた。

「結月、さっきのは――」

智明さんの声をかき消して、目の前の運河から突然水が噴き上がった。

しぶきが降り注ぎ、私と智明さんは「うわぁ！」と声をあげ、慌ててうしろに下がった。

どこからか大きな音楽が鳴りだし、今日最後の噴水ショーが始まるとアナウンスが流れる。呆気に取られる私たちの前で、突如ショーが始まった。

たくさんの水柱が、音楽に合わせて、まるで踊っているかのように動きだす。

七色のライトに照らされて、とても綺麗だ。

クライマックスが近くなり、水柱の高さは五階建てのショッピングモールを超えた。

大きな水の粒がバタバタと音を立て私たちの上に降り注ぐ。

それが妙に気持ちよくて、水を受けながら智明さんと声をあげて笑った。

「濡れたなー」

「濡れましたね」

「それにすっかり、酔いもさめた」

ずぶ濡れになったお互いを見て、また笑い声をあげる。

「結月」

「はい」

智明さんに名前を呼ばれ、顔を上げた。

智明さんの顔から笑みは消え、物言いたげな眼差しが私を捉える。

「結月」

続く言葉を、息を詰めて待った。

「たとえ氷見さんから俺を守るために咄嗟に出た言葉でも、結月が俺のことを大切な人だと言ってくれて……うれしかったよ」

「智明さん……？」

うれしいって、本当に？　そのひと言が、私の胸にじんわりと温かなものを連れてくる。そして私の体の中で、必死でせき止めてきたものが決壊するように、密やかに育ててきた想いが膨れ、あふれ出していくのがわかった。

「ずっと言いたくて。でも、我慢してたんです」

口に出してはダメ。そう思うのに、もう止められそうにない。ぎゅっと目を閉じて、精いっぱいの想いを口にした。

「あなたがほかの誰かを選んだとしても、私はやっぱり、智明さんのことが好きなんです！」

智明さんからの返事はない。恐る恐る目を開けると、私からぶつけられた言葉に眉をひそめる彼がいた。

「ほかの誰かを選ぶって？」

泣いてしまいそうになるのを必死でこらえ、大きく息を吸う。震える声で吐き出した。

「だって、智明さんはもうすぐ松原さんと結婚されるんですよね？」

「俺が千紗都と？　そんなわけないだろう。なんでそんなこと思ったの」

この期に及んで、まだしらばっくれようとするの？　悲しくて、胸がつぶれそう。

「でも私、聞いてしまったんです」

本部で松原さんに会ったことと、スタッフの女性たちが話してた内容を伝えると、智明さんは「はあ!?」となぜか首を捻った。

「あのね、なんで勘違いしたのかわかんないけど、千紗都の相手は葛城だよ」

「えっ、葛城さん!?」

驚きのあまり、言葉を失ってしまう。婚約って、松原さんと葛城さんが？

「でも、これで香月流も安泰ですね、って事務所の人たちが」

事務所にいたスタッフの女性たちは、松原さんも一緒に香月流を背負って立つような言い方をしたのだ。あんな言い方をされたら、みんな松原さんの相手は智明さんなんだって思うでしょう！

「結月にも、葛城には海外支部の統括を頼むつもりでいるって話したよね？　葛城に、来年には香港の支部に移ってほしいって打診したんだよ。そうしたら、千紗都も香港に連れていきたいって葛城が言いだして。それで、トントン拍子にふたりの結婚話が進んだんだ」

「それじゃあ、松原さんが急いで師範の免状を取るって言ってたのも？」

「全部葛城との結婚のためだよ、俺じゃない。千紗都にそんなこと言ってみろ、『羽根木くんが相手なんて冗談じゃない！』ってキレるぞ、絶対」

そう言うと、智明さんが肩を抱いてぶるぶる震えるまねをする。

「嘘です、松原さんはそんなこと言うような人じゃないですよ」

「いや、結月は千紗都の本性を知らないんだよ。ふたりのことはずっと知ってたけど、葛城から千紗都と結婚するって聞いて思わず確認しちゃったもん、『葛城、絶対尻に敷かれるだろ。本当にあいつでいいのか？』って」

松原さんのことを話す智明さんの顔が本当に怯えているみたいで、すごくおかしくて、私は声をあげて笑った。

笑っていた、はずなのに。

ここしばらく胸を占めていた不安が一気に解けて、いつの間にか笑い声は嗚咽に変わっていた。

「結月」

「……はい」

ふざけた雰囲気が一気に消えて、智明さんの瞳が真剣さを増す。

「……ひょっとして、しばらく結月が俺のことを避けてたのって、そのせい？」

ずいぶん素っ気ない態度を取ってたもの。智明さん、怒ってるよね？

「逃げるなよ」

無意識に後ずさる私の手を、智明さんが掴む。その手をグッと引き寄せられ、両手で腰をホールドされ、智明さんは私を逃げられなくした。

「……はい。みっともないけど、嫉妬したんです……」

観念した私は、正直に白状した。

松原さんは、智明さんの婚約者じゃなかった。勘違いだとわかって、私がどんなにホッとしているか。涙がポロポロとあふれて、一向に止まりそうにない。

「俺のこと、信じてくれた？」

「……はい！」

泣き続ける私の頭に片手をのせると、智明さんはポンポンと優しくなでた。

「……あっ！」

その瞬間、どこかに押しやっていた智明さんとの思い出が、頭の中にあふれてきた。

父と母と智明さんと、四人で囲んだ賑やかな食卓。智明さんと手をつないで見た、母が好きだった桜の木。夏の夜の花火。

遊びに夢中になって転んで泣きじゃくる私と、私をあやす智明さん。

『泣きやんでえらいね。結月はいいこだね』って、何度も頭をなでてくれた。

母との別れの日も、智明さんはずっと私の隣にいて、黙って頭をなでていてくれた。

世界で一番大好きだった、私の初恋の人。

会えなくなって寂しいからって、こんなに大切な智明さんとの記憶を、すべて消してしまっていたなんて。

私は、なんてひどいことをしてしまったんだろう。

「智明さん、私……昔のことを思い出したみたい」

「結月、それ本当？」

こくんとうなずくと、智明さんは目を見開いた。驚きが、ゆっくりと笑顔に変わっていく。

「昔のことを思い出して、ひとつだけ、気づいたことがあるんです」

「……なに？」

あなたは私の大切な、初恋の人。でも。

「子どもの頃よりも、今の方があなたのことずっとずっと好きです」

智明さんが、顔をくしゃくしゃにした。私の好きな、子どもみたいに屈託のない笑み。でも今は、笑っているのに今にも泣きだしそうに見える。

「結月を好きって気持ちなら、俺の方が負けない自信あるよ」

そう言って、そっと私の体を抱き寄せる。彼の腕の中はとても温かかった。

「好きだよ、結月。もう絶対に離さない」

ずっと欲しかった愛の言葉を、私はこれ以上にないほど幸せな気持ちで聞いていた。


想いを確かめ合った後の智明さんは、信じられないくらい私に甘くなった。

智明さんは私をきつく抱きしめたまま、なかなか離してくれなかった。私がくしゃみをしたことでふたりとも濡れたままだったということに気づき、ようやくホテルの部屋に戻ることにした。

ふたりでいたショッピングモールからホテルのロビーを通り部屋に戻る間も、智明さんはずっと私の手を握ったまま。遅い時間だったから、誰かとすれ違うことはほとんどなかったけれど、ホテルの従業員にでも出くわしたらどうしようと、私は気が気じゃなかった。

そして私の部屋の前に着いてからも名残惜しいのか、その手を離そうとはしなかった。

「今日はこのまま離れたくないな」

つないでいた手の指を絡め、私を引き留めようとする。

智明さんに好きと言ってもらえただけでも、私にとっては大事件なのに。このまま部屋で智明さんとふたりきりになるなんて、考えただけでも心臓が口から飛び出しそう。

「でも、早く寝ないと、明日の仕事に差し支えます」

「……わかったよ」

困った私がアシスタントの顔をして言うと、智明さんは渋々手を離してくれた。

そして今は……。

「結月、ほかに食べたいものは？」

「大丈夫です。もうお腹いっぱいです」

翌朝。ホテルのレストランでの、朝食の席。バイキング形式の朝食で、席に座ろうとすると椅子を引いてくれたり、自分のよりも先に食事を取ってきてくれたり、智明さんは甲斐甲斐しく私の世話を焼いてくれる。これではどちらがアシスタントなのかわからない。

「それじゃあデザートにする？　あ、オレンジジュースおかわり持ってこようか」

「今度は私が行きますから、お願いですから智明さんはどうか座っていてください」

「いいから、結月の方こそ座ってなよ」

「でも、智明さんにそんなことさせるわけには……」

「おはようございます」

窓際の席で押し問答をしていると、うしろから声をかけられた。同時に記憶に残る甘くスパイシーな香りが鼻をかすめる。あ、この香りは……。

「……氷見さん、おはようございます」

恐る恐る振り返ると、氷見さんが、私たちふたりに冷ややかな視線を注いでいた。うしろには十名近いスタッフを引き連れている。

「その……、昨夜は失礼なことをして、申し訳ありませんでした」

「なんのことかしら？」

これも、プライドの高さゆえだろうか、昨日私が氷見さんのもとから智明さんを連れ去ったことは、なかったことにされたらしい。小さくなる私を見て首をかしげると、氷見さんはさっさと視線を智明さんに向けた。

「先生はアシスタントの方にもお優しいんですね。私も見習わなくてはいけないわ」

そんなことを言って、智明さんを持ち上げようとする。私のことは完全に眼中にないようだ。

「彼女は僕の恋人ですからね。逃げられたくなくて、僕も必死なんですよ」

うわ、智明さんったら、氷見さんにばらしちゃった。そんなこと言って大丈夫なの？

「……恋人？　彼女の一方的な片想いではなく？」

「いいえ。彼女は僕の大切な人です」

「智明さん……」

氷見さんからのモーションをかわすための嘘ではないと、ようやく悟ったのだろう。感動で目頭を熱くする私を見て、氷見さんが顔色を変えた。

「……お邪魔をしたようで申し訳ありませんでした」

「いえ、僕たちはそろそろ部屋に戻ります。どうぞごゆっくり。結月、行こうか」

「はい。氷見さん失礼します」

彼女の姿を振り返る勇気はなくて、私は智明さんに手を引かれ、レストランを出た。

あなたを守りたい

福岡でのイベントを終え、葛城さんも無事主張から戻り、また私と葛城さんで智明さんのサポートをする体制に戻った。

地方を回る舞台挨拶もあとは名古屋、大阪《おおさか》、高松《たかまつ》の三都市を残すのみ。そして公開初日に行われる東京での舞台挨拶を以て、幕を閉じる。

東京会場では作品に登場した生け花作品を再現、展示することになっていて、今はその準備に追われているところだ。

福岡で互いの想いを確かめ合って、私と智明さんは晴れて恋人同士となった。しかし東京へ帰れば仕事は山積みで、デートどころか、ふたりきりになることすらままならない。

アシスタントである私は、平日の夜や週末は時間が取れるけれど、智明さんはふたりで会うことよりもまず、父のもとへ通うことを優先するように言ってくれる。

その気持ちはなによりうれしいし、私も父のことを後回しにしようなんて思わない。

それでも恋人らしいことがなにひとつできないことに、私はほんのちょっぴり物足りなさを感じていた。

「結月、一緒に京都《きょうと》に行かないか」

智明さんにそう切り出されたのは、ずっとかかりきりだった映画のプロモーションもようやく終わり、あとは東京での初日舞台挨拶を残すのみとなった六月の終わり。映画の舞台挨拶が行われる劇場に展示される予定の作品について、打ち合わせを終えた直後のことだった。

「京都？　新しいお仕事の依頼でもあったんですか？」

香月流本部の事務所の壁に、今日ようやく届いた映画のポスターを貼りつけながら、智明さんに尋ねた。

「いや、作品展示で使う枝物の打ち合わせに、結月にも同行してもらおうかと思って」

「ああ、花芳《はなよし》さんのところですね」

花芳とは、京都にある花と植木の仲買のことだ。香月流本部では、主に東京にある宮内庁御用達《くないちょうごようたし》である生花店、花岡《はなおか》から稽古や花展で使う花材を仕入れている。その花岡を通じて香月流と取引があるのが、京都の花芳だ。

智明さんは、花展などの際に使用する大物の花材の調達は、花岡を通さず、直接花芳に頼むことも多い。

　花材の買い付けに同行できるなんて。きっと勉強になるだろうし、行けるものなら、ぜひ行ってみたい。でも、私が抜けることで、葛城さんに迷惑がかからないかが気になった。

「葛城さんは同行されないんですか？」

「葛城はちょうど海外支部の仕事が入ってて、今回は行けないんだ」

「そうなんですか……、わかりました。私の同行が可能か、葛城さんとも相談してみますね」

　ポスターを無事貼り終え、自席へと向かう。ＰＣを立ち上げ、今月と来月、二カ月分の予定を開いた。

「日程はお決まりですか？」

「うん、実は、今日これから」

「今日ですね。えっ、今日⁉」

　驚いてガバッと顔を上げると、智明さんは口に手をあて肩を揺すって笑っている。

「結月、目がまんまるだよ」と言うと、こらえきれなかったのか、行儀悪くプッと噴き出した。

「ここを逃すと、当分時間が取れそうにないんだ。葛城なら先に許可を取ってるから大丈夫だよ」

「ええっ、でも……」

突然のことにあたふたとする私を見て、智明さんがまたくつくつと笑う。

それに今から出かけたら、今日中に東京に戻るのって結構ハードなんじゃないかな。

「だって、出張に出るなら、それなりに準備もありますし……。そうだ、新幹線のチケットは？」

「それはもう手配済み。ごめん結月、出発まであまり時間がないんだ。タクシー呼んであるから、今すぐ行こう」

「えっ、ちょっと智明さん⁉」

尻込みする私を無理やり立たせると、智明さんは右手で私の手を、左手で私の鞄を掴む。

「いいから、行くよ」

いつも以上の強引さで、智明さんは私を香月流の本部から連れ出した。

「うわ、蒸し暑い！」

東京から新幹線で二時間強。京都駅に降り立った途端、湿度の高いもわっとした空気に体が包まれた。

梅雨の晴れ間で、雨に悩まされずに済んだのは幸運だった。それにしても、この湿気の多さは想像以上だ。アスファルトの照り返しがきつい東京もかなり暑いけれど、京都の暑さはまたちょっと違う気がする。

今日は終日、香月流本部で会議や来客対応の予定だった私は、もはやトレードマークともいえるグレーのパンツスーツ姿。エキナカを少し歩いただけで、ジャケットの下に着ていたシフォンのブラウスが汗で背中に貼りついた。

「結月大丈夫？　どこかでお茶でも飲んで休んでから行く？」

私が暑さに辟易していることに気づいたのか、智明さんが優しく気遣ってくれる。

「そうですね」とうなずこうとして、言葉をのみ込んだ。近くにいた若い女性グループが智明さんに気づいたのだ。

「ねえ、あれってそうじゃない？」

「でも和服姿じゃないよ」

「そんないつも着物着てるわけじゃないでしょ。プライベートなんじゃない？　てか一緒にいる人、ひょっとして彼女かなぁ」

「まさか。マネージャーでしょ。有名人があんな地味な人と付き合うわけないじゃん！」

うう……、地味で悪うございました。たしかに私と智明さんは、芸能人とマネージャーみたいなものだけど！

はたから見たら、やっぱり不釣り合いなのかなぁ。あんなふうに言われたら、落ち込んでしまう。

「ずいぶん好き勝手言ってるなあ」

噂話が聞こえていたらしい。智明さんがチラッと彼女たちに視線を送りながらつぶやいた。

「はは……。すみません、こんな地味なのが彼女で」

「なに言ってるの。結月は世界一かわいいよ」

「こ、こんな人ごみの中で、急になに言いだすんですか！」

「そうやって照れてるところもかわいい」

最近の智明さんときたら、かわいいだとか好きだとか、私が照れて困ってしまうようなことを、いつでもサラッと口にする。

そうやって気持ちをストレートに表してくれることは、もちろんうれしい。でも所かまわず言うので、もしも誰かに聞かれたらと思うと気が気じゃない。

「ねえ、今かわいいとか言ってなかった？」

「え、やっぱり彼女なの？」

なんてことを考えていたら、案の定私たちの会話が聞こえていたらしい。さっきまで噂話をしていた女性たちが、再び智明さんのことを気にしだした。

やばい！　早くこの場を離れなきゃ！

「智明さん、もうお茶はいいから、早くタクシーで移動しましょう！」

「そうだな。車の中なら涼しいし、さっさと仕事を済ませるか」

「そうしましょう！」

私はアシスタントよろしく智明さんの荷物を奪い取ると、急いで彼をタクシー乗り場に誘導した。

京都大原《おおはら》にある花芳は、江戸時代末期から続く植物の仲買だ。生け花の世界で「切《き》り出《だ》し」と呼ばれる彼らは、華道家の依頼を受けて、山野や野原から草木を採取し、花市場や生花店、あるいは直接華道家のもとへ届けることを生業《なりわい》としている。

特に生け花の場合は、流派ごとに「花型」と呼ばれる決まった型があるため、それを熟知していなければ、彼らの仕事は成り立たない。さらに、ただ生け花や植物に明るいだけでなく、その草木の自生地を把握していなければならないし、どんなに山奥や険しい崖でも、実際にその地へ赴いて採取できる身体能力も兼ね備えていなければならない。

豊かな知識と経験を持つ彼ら切り出しは、華道家にとっても、非常に貴重な存在なのだ。

今回智明さんは、花芳に数点の花材のほかに、大物の久留米松《くるめ》を依頼していた。花芳がわざわざ九州まで飛び、手を尽くしてくださったおかげで、素晴らしい枝ぶりの久留米松が見つかったそうだ。九州から京都まで輸送した後、花芳の手によって処理を施され、東京の会場まで運ばれる予定だという。

「花材を揃えるだけでも、こんなにたくさんの手間と時間が費やされていたんですね」

これまでも、香月流に花や草木を届けてくれる生花店や仲買、間を取り持つ卸問屋の存在はきちんと頭の中にあった。それでも、実際にその作業や過程を目の当たりにすると、ひとつの作品ができあがるまでに、こんなに多くの人々が関わっていたのかと驚いてしまう。

「そうだね。作品と共に世に出るのは、俺たち華道家の名前だけだけど、素晴らしい作品を作り上げるためには、いい花材があってこそ。彼らあっての俺たち作り手なんだということを、結月にも理解しておいてほしかったんだ」

そのことを私にも知らせたくて、智明さんは、今回京都へ同行させてくれたんだ。

智明さんは、ただ仕事や生け花を教えてくれるだけでなく、こうしてたくさんの経験を私に積ませてくれる。彼の心遣いに感謝せずにはいられなかった。


花芳での打ち合わせは二時間ほどで終了した。

久留米松のほかにも、依頼しておいた花材は、すべて調達の目途が立っているということで一安心。花芳のスタッフに別れを告げ、再びタクシーに乗り込んで京都駅へ向かい、このまま東京にトンボ返りするのかと思いきや。

「すみません、ケーブル八瀬《やせ》駅まで」

ケーブルって、ケーブルカーのこと？　智明さん、これから観光でもするつもりなの？

「あの、京都駅に戻らないんですか？」

「うん、まだ戻らない」

「でも……新幹線の時間は？」

「問題ないよ」

たしかに最終まで、まだまだ時間はある。それでも明日もあるんだし、東京にあまり遅く着くのもどうかと思うんだけどな……

心配する私をよそに、ふたりを乗せたタクシーは田園風景の中をぐんぐん進んでいく。

指定したケーブルカーの駅に着くと、智明さんはさっさと精算を済ませ、駅の中へと入っていった。それに慌ててついていく。

「智明さん、いったいどこに行くんですか？」

花芳のほかにも、まだ香月流と関係のある施設かなにかがあるのだろうか。でもそうなら、智明さんはなぜ私になにも知らせてくれないの？

「ここからケーブルカーとロープウェイを乗り継いで、比叡山《ひえいざん》まで行くんだ」

「比叡山って、延暦寺《えんりゃくじ》のある比叡山ですか？」

「そうだよ。今日は延暦寺には行かないけど」

学校で習った最低限の知識しかない私を、智明さんがくすっと笑う。

「先に進もうか」

ポケットマネーでチケットを購入すると、智明さんは私の手を取ってケーブルカーを待つ列に並んだ。

梅雨の時季の、しかも平日のせいか、思っていたより観光客の姿は少ない。まばらにいる人たちにも、智明さんがあまりにもさりげなくしていたせいか、気づかれて騒がれることはなかった。

ケーブルカーとロープウェイを乗り継いで、山頂へ向かう。

「うわぁ、智明さん見てください！　街の中にお寺があんなにたくさん！」

眼下に広がる京都市内の景色に圧倒され、つい興奮してしまう。そんな私を見て、智明さんはふっと目もとを綻ばせた。

「すみません、ひとりではしゃいじゃって」

ついうるさくしちゃって、智明さんあきれたかな。

一応仕事で来ているのに、智明さんとふたりきりで京都にいるという非日常感から、どうしても心がふわふわしてしまう。ちゃんと気を引き締めなきゃ、と片手で頬をパチパチと叩いた。

「結月」

ケーブルカーの駅からつなぎっぱなしだった手を、智明さんがぎゅっと握る。顔を上げると、智明さんは見たこともないほど優しい顔で私を見つめていた。

ひとりで百面相しているところを、ずっと見られていたんだろうか。恥ずかしくて頬がカッと熱くなる。

「謝らなくていい。俺も楽しいよ」

「智明さん……」

智明さんも、私と同じ気持ちでいてくれた。それだけでこんなにも胸が熱くなる。

ずっとこうしていたいな、なんて欲張りな気持ちが芽生えてしまう。

ついこの間まで、叶わない恋だとあきらめていたのに、いつの間に私はこんなに贅沢になってしまったんだろう。

そんなことを考えているうちに、ロープウェイは山頂駅に着いていた。

駅を出ると、智明さんは再びタクシーに乗り込んだ。行き先を告げると、タクシーは緑濃い景色の中を進んでいく。

智明さんが運転手さんに指示を出すと、タクシーは途中から脇道に逸れた。

左右を竹林に囲まれた道をさらに奥へと進むと、突然視界が開け大きな木製の門が現れた。門をくぐり、タクシーは入り口から続く砂利道をゆっくりと走る。広大な敷地の奥に、立派な和風建築の建物が見えた。

「結月、着いたよ。降りようか」

「は、はい！」

鞄を手に取り、慌ててタクシーを降りた。点々と続く飛び石の先には、時代を感じさせる白壁の建物。麻でできた白い暖簾《のれん》が、竹林から吹く風に揺れている。

「智明さん、ここは？」

「ここは羽根木家が贔屓《ひいき》にしてる旅館だよ。今日はここに泊まるんだ」

「えっ、泊まる⁉」

驚く私をそのままに、智明さんはさっさと玄関まで行き暖簾をくぐる。引き戸に手をかけると、「なにしてるの結月、早くおいで」となに食わぬ顔で、私を手招きした。

どういうこと？　今日はここに泊まるの？　智明さんとふたりで？

突然のことに、頭がパニックに陥ってしまう。

「そんな、いきなり言われても……。泊りの用意なんて、なにもしてないのに。それに明日も午前中から本部で花展の打ち合わせがありますよ？」

飛び石の上に突っ立ったままの私を見てふっと笑みを浮かべると、智明さんは私の方へ戻り、優しく肩を抱いた。

「心配しなくていい。着替えは用意してもらえるし、ここはアメニティも十分揃ってる。今日着ていたものは明日の出発に間に合うよう、クリーニングしてくれる」

「……でも智明さん、お仕事は？」

いくらスケジュールには余裕があるとはいえ、シアター展示用の作品制作も控えているし、秋に開催される花展の準備も始まっている。いろいろなことを決めなくてはならないのに、智明さんが不在で本当に大丈夫なのかな。

「緊急性の高いものはないし、なにかあったとしても葛城にカバーしてもらえるよう手を打ってきた。心配はいらないよ」

「……本当に？」

「ああ。だから結月、たまにはふたりでゆっくりしよう」

玄関に向かってゆっくりと歩を進めながら、智明さんがそう話してくれる。

……本当に、いいのかな？

仕事や本部のことが気にならないわけではないけれど、忙しい智明さんが時間をつくってわざわざ京都まで連れてきてくれたんだもの。

「そうですね、一緒に楽しみましょう！」

私がそう答えると、智明さんは満足そうにうなずいた。

「智明様いらっしゃいませ。お待ちしておりました」

智明さんと共に玄関の前に立つと、三十代後半くらいの女性が暖簾の下から顔を出し、私たちに向かって丁寧に頭を下げた。

この宿の女将さんだろうか。藤色の着物をきっちりと着こなし、所作も美しい。凛としていながら、匂い立つような色気がある素敵な女性だ。

「女将、無理を聞いてくれてありがとう。彼女が藤沢結月さん。僕の恋人です」

突然智明さんに名前を呼ばれ、背筋がピンと伸びる。

……それに智明さん、私のことを恋人だって紹介してくれた！

「藤沢です。今日はお世話になります」

込み上げるうれしさを噛みしめながらお辞儀をすると、女将さんは私を見て目もとを綻ばせた。

「まあ、なんてかわいらしい方。智明様が大切な方をお連れするのに、うちの宿を選んでくださるなんて本当に光栄です。どうぞゆっくりお過ごしくださいね」

「ありがとうございます！」

お礼を言うと、女将さんはまた優しく微笑んでくれた。

「それでは今日ご宿泊していただく離れにご案内いたします。こちらにどうぞ」

女将さんに案内され、智明さんと一緒に本館の奥から続く渡り廊下を歩く。

夕方の少し湿度を落とした風が、宿の周りの竹林を通り抜ける。笹の葉が触れ合うざわめきと、宿の下に流れる清流のせせらぎ、そしてどこからともなく虫の声が聞こえてきて、一気に私を非日常の世界へと連れていってしまった。

……なんだろうこの感じ。まるで体の中をサッと爽やかな風が吹き抜けていったみたいだ。

思わず、歩みを止める。それに気づいた智明さんが、私を振り返った。

かまわず深呼吸をしてみる。体内に取り込んだ空気はほのかに甘い。そして体中にじわじわと、なにか温かなものが満ちていくような気がした。

「……結月、どうかした？」

智明さんが、不思議そうな顔で私に尋ねる。そして、わかった。

智明さん、こんな素敵な場所にあなたとふたりで来られて、私は今、とっても幸せです。

伝えたいな、この気持ち。そしてあなたに「ありがとう」を言いたい。

でも、今この渡り廊下の途中で口に出すのはちょっと惜しい気がして、私はそっと頭を振った。

「急に止まってごめんなさい。なんでもないの。すぐ行きます」

部屋に入って少しゆっくりしたら、今ここで感じたことを智明さんに告げよう。そう心に決めて、彼と一緒に女将さんの後をついていった。

「こちらが本日のお部屋になります」

「……わぁ、素敵！」

女将さんが案内してくれたのは、本館から十分距離がある、独立した離れの部屋だった。

入り口から入ってすぐの場所に広い和室があり、杉でできた重厚なテーブルや年代物の和風家具が置かれている。その奥には洋風にデザインされた広いベッドルームも見えた。

「このお部屋は窓からの景色もなかなかなんですよ」

女将さんに言われて、智明さんと共に窓辺に立つ。

眼下には、苔むした石が転がり、その先には清流が流れている。

「あ、魚が泳いでいる！」

なんの魚だろう？　群れを成した小さな魚たちが、流れに逆らってここよりもさらに上流を目指して、必死に泳いでいる。

そしてその対岸には、上へ上へとまっすぐに伸びた若竹が群生していた。

「……本当に、夢みたいに素敵」

思わずそうつぶやいた私を見て、智明さんと女将さんが視線を合わせうれしそうな顔で互いにうなずき合った。

「こちらのお部屋には切り石でできた内湯のほかに露天風呂や岩盤浴もございます。お時間を気にせずにお使いになれますので、どうぞごゆっくり。なにかございましたらお電話でお呼びください。それでは、私は失礼します」

「ありがとうございます」

私と智明さんが一緒にお礼を言うと、宿に着いた時と同様、丁寧な仕草で女将さんがお辞儀をする。

音もなくふすまが閉まり、とうとう私と智明さんはふたりきりになった。

「さて、これからどうしようか？」

テーブルを挟んで向かい合って座ると、智明さんが尋ねてきた。

「結月、汗かいたでしょう？　先にお風呂使ったら？」

「え、いいんですか？」

「もちろん。ゆっくりしてきなよ。なんなら一緒に入ってもいいけど？　背中流してあげるよ」

「そ、それは結構ですっ！」

なんてこと言うの、智明さん。おそらく真っ赤になっているんだろう私を見て、智明さんがくすくすと笑う。

「すみません、それじゃお先に使わせてもらいます！」

「どうぞごゆっくり」

なんだかいたたまれなくて、私は飛ぶようにして内風呂に逃げた。

思う存分お風呂を堪能して上がると、脱衣所に浴衣が用意してあった。

「わぁ、かわいい！」

広げてみると、全体に薄いピンクや紫の朝顔の花が散らしてある。なんとか着つけて出ると、同じく浴衣に着替えた智明さんが待っていた。

「すみません、長風呂しちゃって」

「いいんだよ。結月も着替えたんだね。その浴衣よく似合ってる」

「ありがとうございます。……智明さんも、とっても素敵です」

仕事で着物姿はよく見ているはずなのに、浴衣姿の智明さんは男の色気が増してさらにかっこいい。ドキドキして、つい伏し目がちになってしまう。

そんな私を不思議そうに覗き込むと、智明さんは私の手をそっと握った。

「夕食もう用意できてるよ」

智明さんに手を引かれて和室に戻ると、大きな杉のテーブルいっぱいに豪華な料理が並んでいた。

「うわぁ、こんなにたくさん。贅沢ですね」

一つひとつ丁寧に盛られた、繊細な料理の数々を見て、思わず感嘆の声をあげた。

「結月座って。冷めないうちにいただこう」

「はい」

智明さんと向かい合わせに座り、料理に舌鼓を打つ。ちょっとずつお酒もいただきながら、久しぶりに智明さんとたくさん話をした。

秋に開催を控えた花展のことやもうすぐ公開初日を迎える映画のこと。葛城さんが海外支部に行った後の香月流のこと。私の生け花の上達ぶりとこれからの課題。智明さんとおじい様の思い出話。そして、リハビリをがんばっている父のこと。

ふたりでたくさん食べて、飲んで、しゃべって。こんなに楽しいのは久しぶりで、この夜がもっと続けばいいのにと心から思った。

すっかり料理も食べ終えて、食後のお茶を淹れていると、「結月、酔いざましの散歩に出ない？」と智明さんに誘われた。

「いいですね。行きましょうか！」

ゆっくりとお茶を味わって、私と智明さんは連れ立って離れの外に出た。小川まで続く小道を竹灯りが照らしている。

「結月」

少しうしろを歩いていた私に、智明さんが手を差し出す。

「はい！」

ちょっと前までは、智明さんのそばにいるだけであんなに緊張していたのに、いつの間にか手をつなぐことが自然になった。

ほかの人と比べたら、ゆっくりとしたスピードなのかもしれない。それでも日に日に恋人らしくなっていくのがうれしくて、私はその手をきゅっと握った。

私と智明さん以外誰もいない庭に、竹林のざわめきや虫の鳴く声が響く。

「だいぶ涼しくなりましたね」

お酒で火照った頬に、ひんやりとした夜風があたりとても気持ちがいい。

本当に静かなところだ。東京から数時間で、こんな場所に来られるだなんて、なんだかまだ信じられない。

離れからしばらく歩くと、小川が流れているのが見えた。川面に臨むように設置されているベンチを見つけると、智明さんと私は一緒に腰掛けた。

「智明さん、こんな素敵なところに連れてきてくださって、本当にありがとうございます」

想像もしていなかったサプライズに最初はびっくりしたけれど、今日智明さんとここに来られてよかった。私が言うと、智明さんはうれしそうに目を細めた。

「慣れない仕事と圭吾さんの看病、四月からの結月は忙しくて立ち止まる暇もなかっただろう？　この旅行は、がんばった結月への俺からのご褒美だよ」

「智明さん……」

慣れないがゆえに失敗することも多くて、智明さんには迷惑をかけどおしだったのに。そんなふうに言ってもらえると、涙がこぼれそうになる。

「なに泣いてるの」

「……だって、うれしくて」

智明さんに泣き顔を見られないように顔を伏せたのに、涙の気配を感じたのか、あっさり気づかれてしまった。私の顔を覗き込むと、智明さんはほんの少し困ったような表情を浮かべる。

「結月は、泣き虫だなぁ」

「……これはうれし泣きですよ」

「わかってる」

そう答えると、智明さんは隣に座る私の肩を抱き寄せる。

「うれし涙でも、俺は結月に泣かれると弱いんだ」

肩を抱く手に力を込め、智明さんは私の顔を自分の胸に押しつけた。

智明さんの肩にもたれ、しばらくこぼれる涙をそのままにしていた。

自然が奏でる音以外なにも聞こえない静かな空間に、智明さんとふたりきり。

誰の目も気にせず、こうしてぴったりくっついていると、とても満ち足りた、幸せな気持ちになる。それと同時に、私とは違う、智明さんの少し高めの体温と香りを体全体で感じて、喜びを覚えた。

いつも私は、智明さんのすぐそばにいて、一緒に仕事をしたり、ごはんを食べたり、笑い合ったり。智明さんのそばにいられるだけで、十分幸せだと思っていた。

でも、今ならわかる。

智明さんと想いが通じ合って、本当は、私はもっともっと彼に近づきたかったんだ。

許されるなら、ずっとこうしていたい。

あなたに触れて、触れられて。離れたくないし、離したくない。

でもこんな気持ち、どうやって伝えたらいいの？

自分の中に芽生えた新しい気持ちに困惑しつつ顔を上げると、智明さんの熱っぽい瞳と視線がぶつかった。

「……結月。好きだよ」

言葉で、視線で、態度で、智明さんは私に惜しむことなく愛を注ぐ。

私も、同じ分だけ、ううん、それ以上に智明さんに愛を返したい。その気持ちだけが、どんどん膨らんでいく。

吐き出された息が、私の前髪に触れる。智明さんにもっともっと近づきたくて、私はこの気持ちを言葉にするのをあきらめ、そっと目を閉じた。

温かくやわらかな感触が、唇に触れる。角度を変え、触れるだけのキスを何度か繰り返すと、智明さんは私の肩を抱く手に力を込めた。

大きな手が頬に触れ、私の逃げ場を失くす。一度離れた唇が、今度は大きく私の唇を食んだ。

次第に熱を増すキスに息をするのも忘れ、私は必死で智明さんの胸にすがりつく。

「……はあっ」

とうとう苦しくなって大きく息をした隙に、智明さんが舌を差し入れた。私の舌先をかすめると、すべてを味わいつくそうとするかのように、深く舌を絡めてくる。経験の浅い私は彼にされるがままで、でも彼に求められていることがうれしくて、自分のできる精いっぱいで彼に応えた。

川べりのベンチで抱き合ったまま、どれくらいの時間が経ったのかわからない。智明さんはようやく私を離すと、息の上がった私の前髪をかき上げた。

薄暗がりの中でも、そうとわかる。彼の瞳は私を求め暗い光を放っていた。

この先を知ることを、怖いと思わないわけじゃない。でもそれ以上に、私の体も心ももっともっと彼のことを知りたいと叫びをあげていた。

自分の昂《たかぶ》りに戸惑いながらも、おずおずと口を開く。

「智明さん、部屋に帰りましょう……」

そっと彼を見上げると、彼の表情の中にほんの少しの迷いが見て取れた。

迷いは、きっと彼の優しさだ。こんなに性急じゃなく、もっと時間をかけてと、私のために思ってくれているのかもしれない。

でも今はもう、迷ってほしくない。私は智明さんの両手を握り、ベンチから立ち上がった。

常夜灯だけ灯した薄暗い部屋で、壁にうっすらと浮かび上がる裸の彼のシルエット続けるだとか。不安と未知への恐怖から体を硬くする私の頭を、なだめるようになで続ける彼の指の温かさだとか。静かな部屋に響く、しっとりと濡れたふたりの吐息だとか。

きっと私は、一生忘れないと思う。

大好きな人と触れ合うことがこんなにも幸せなことだなんて、今まで私は知らなかった。

こんなことを思うなんて、あなたはおかしいって笑うかもしれない。

私の隣で静かに寝息を立てるあなたのことを、私は守りたい。

いろんなことを我慢してきたあなたを、私の手で誰よりも幸せにしてあげたい。

智明さんの温もりに包まれて、私はこれ以上ないほどの幸福感を感じながら静かに眠りに落ちた。

本当の決着

東京に帰れば、またすぐ日常が戻ってきた。

これまで通り、智明さんとふたりきりで会うこともままならない日々。

でも私は毎日仕事場で智明さんに会うことができるし、それに京都での思い出もある。

智明さんの想いに触れ、彼の深い愛情を再確認した私は、今まで以上に強くなれた気がしていた。


夏休み直前の、映画『花酔い』の公開日までの三日間。智明さんをはじめ、私たちは舞台挨拶の会場と六本木《ろっぽんぎ》のシアターのロビーに缶詰め状態だった。

配給会社から依頼を受け、映画の中で使われた生け花作品を智明さんがそのまま再現して、舞台挨拶当日来場されるお客様にご覧いただくのだ。

今回は私もお願いして、生け込みの際の簡単な作業をお手伝いさせてもらっていた。

ここ数日はいつものパンツスーツは封印して、作業に適したコットンパンツにT

シャツ姿で出勤した。

展示作品は合計五点。夏場は花材も傷みやすく、作業には特に慎重を要した。智明さんや葛城さん、お弟子さんたちと共に大量の汗を流しながら、私は生まれて初めての作品制作に没頭した。

そして作業の中日に、驚くことがあった。

『作品の完成が待ち遠しくて』と言って、映画『花酔い』のヒロインでもある氷見さんが、差し入れを持って訪れたのだ。

突然の人気女優の訪問に、作業に追われていたお弟子さんたちは歓喜の声をあげた。氷見さんは香月流のお弟子さんや映画の関係者やスタッフのもとを回り、一人ひとりに差し入れの品を手渡し、握手をして激励した。おかげでスタッフの志気も高まり、その後の作業は驚くような速さで進んだ。

氷見さんはひと通りスタッフのもとを回ると、最後の最後に私と智明さんが作業していた今回のメイン作品である『花酔い』の前にやって来た。

「先生ご無沙汰しています」

「氷見さん、弟子たちにまで差し入れをありがとうございました」

智明さんが、いつものように優美な笑みを向けると、氷見さんは突然これまでの自分の行いを詫びた。

「どうしても先生のことを手に入れたくて、先生のご都合も考えず、しつこくお誘いしてしまいました。申し訳ありません」

「もういいんです。どうか頭を上げてください」

智明さんが言うと、氷見さんはようやく頭を上げた。すべてが吹っきれたような、とてもさっぱりとした顔つきをしている。

ようやく氷見さんもわかってくれたんだ。これでもう、彼女にわずらわされることはないはず。

私と智明さんは、こっそり顔を見合わせて胸をなで下ろした。

舞台挨拶前日、予定していた作品すべてを生け終え、残すは一番の大作『花酔い』の微調整のみというところで、問題が発覚した。今になって花材が一種類足りないことがわかったのだ。

現時点では、どこで手違いが発生したのかわからない。でも問題の原因を探るより、今は一刻も早く届いていない花材を手に入れ、作品を完成させることの方が大事だと私は思った。

「智明さん、私が探しに行きます」

ここはお弟子さんの誰かや葛城さんより、生け花の経験が浅い私が動く方がいい。そう判断した私は、花材探しに名乗りを上げた。

「でも結月、どこかあてはあるの？」

いつも花材の調達をお願いしている花岡に真っ先に連絡を入れてみたものの、今日は入荷がないとの返事だった。ほかの店を探すしか、もう方法がない。

「万が一の時のために、会場周辺の生花店を数軒ピックアップしています。とりあえずそこを一軒ずつあたってみます！」

取るものも取りあえず、私は会場を飛び出した。

今回納品されていなかったのは、紫色のギガンジューム。花言葉は「不屈のこころ」。どんな困難に遭おうとも、決してあきらめず悲願を達成したヒロインを表している、絶対にはずせない花だ。

本格的な夏が訪れ、昼間の熱気そのままの六本木周辺を、まだ開いている生花店を探して歩き回る。ようやくギガンジュームを見つけたのは、すでに閉まっていた店舗も入れ八軒目に訪れた生花店だった。

必要な数を購入し、行き交う人々に花をぶつけてしまわないように、慎重かつ早足で会場のあるシアタービルまで戻る。

「智明さん、ありました！」

ようやく会場へとたどり着いた時は全身汗だくで、疲れきった私は、肩で息をしていた。

「結月、ありがとう。よく探してくれた」

「お役に立てたならうれしいです。早く作品を完成させてください！」

「……行ってくる」

暑さと疲労と、なんとか花材を見つけられた安心感で放心した私は、その場にへなへなとへたり込んでしまった。

「よく見つけてくれました、結月さん」

「……葛城さん」

「智明様の窮地を救ったあなたは、もう立派なアシスタントです」

「……ありがとうございます」

「さあ、これを」

葛城さんが手渡してくれたタオルで汗をぬぐい、冷たいお茶を一気に流し込む。ようやくひと息ついて、私は作業に入った智明さんを見つめた。

「……できた！」

すでに生けてあったほかの花材と、調達したばかりのギガンジュームのバランスを調整して、ようやく作品が完成した。

「本当にありがとう結月。感謝してもしきれないよ」

「ちょっ、智明さん！」

安堵と、作品を完成させた達成感で珍しく気分を高揚させた智明さんが、人目もはばからず私を抱きしめる。最初は恥ずかしさが勝っていたけれど、徐々にうれしさが胸を占め、私も智明さんの背中に手を回して、それに応えた。

作業がすべて終わった時には、午後九時を回っていた。

作品数が多かったこともあり、今回の生け込みには結構な時間を要した。今日も会場入りしてから、すでに十時間以上経過している。

智明さんの表情にも疲労の色が濃い。

「智明さん、片づけは私がやっておきますので、少し休んでください」

「いや、結月こそ大変だったでしょ。俺も最後までやるよ」

「でも智明さんは明日が舞台挨拶本番なんですし、ちゃんと体を休めてください」

私と葛城さんふたりがかりで説得して、ようやく智明さんは納得してくれた。

葛城さんに付き添いを頼んで控室で休んでもらい、私はあまった花材や道具の片づけを始めた。散らかっていたごみをまとめ、シアターの係の人に聞いていた場所に出しに行こうと立ち上がった瞬間、突然目の前をなにかがかすめた。

「きゃっ……」

ガシャーンという大きな音が響いた後、砕けたガラスが飛び散ったような、バラバラという音がする。いったいなにが起こったのか。ドキドキする胸を押さえながら目を開けると、あまりにも無残な光景が広がっていた。

「嘘……でしょ？」

天井につられていたライトが、完成したばかりの『花酔い』のすぐ横に落下し粉々に壊れている。飛び散った破片があたったのか、作品の中央に立つ久留米松の枝が折れ、その周囲には生けたばかりの花が無残な姿で散っていた。

「結月！」

音を聞きつけ、控室に戻っていた智明さんたちが飛び出してきた。

「なにがあった。無事か？」

「私は大丈夫です。……でも、作品が」

「これは……」

ぐちゃぐちゃになった作品を見て葛城さんは言葉を失い、智明さんは無言で壁を叩いた。

「いったいなぜこんなことに?」

ようやく完成したのに、こんなことになるなんて。天井を見上げると、ライトを固定していたケーブルがぶつりとちぎれてぶら下がっていた。

「とにかく、結月が無事でよかった。みんな、ひとまず落ち着こう」

放心状態の私を、智明さんの声が引き戻した。

たしかに今は、なぜこうなったかを考えるより、作品を作り直すことの方が先だ。

気持ちを落ち着けようと、深呼吸を繰り返す。

「どうされますか? また花材を頼むにしても時間がない」

ほかの花材はともかく、中央の久留米松は今回のため智明さんがわざわざ京都の花芳に依頼して搬入してもらった特別なものだ。代わりのものなんてそう簡単には手に入らないだろう。

「智明さん、この久留米松を使ってあげることはもうできないんですか?」

「え?」

本当に、この松ではもうダメなのだろうか。私は折れてしまった立派な枝を拾い上げた。さっきまでは想像もしなかった無残な姿に、胸がチクリと痛む。

「代わりの枝物を持ってきたら、この久留米松は廃棄されてしまうんですよね？」

「まあ、そうなるかな」

「傷つけたのは人間なのに、形が悪くなったから捨ててしまうなんて、そんなのかわいそうな気がして……」

そんなの素人考えだと笑われるかもしれない。しかし、命のうつろいを見守ることが生け花の神髄であるならば、傷ついてしまっても懸命に生きようとするこの松の美しさを引き出すことこそ、私たちがするべきことなんじゃないのかな。

智明さんは私の目を見つめ、しばらく考え込んでいると、なにかを決心したように一度大きくうなずいた。

「決めた。久留米松は手直ししてこのまま使う。葛城は花岡に頼んでほかの花材をもう一度納品できないか聞いてきて」

「かしこまりました」

「結月、今日は時間より長く手伝ってもらったし、もう遅いから帰りな」

「嫌です」

さらりと言う私に、智明さんは驚いて顔を上げた。

「智明さん、私だってあなたのアシスタントです。あなたが困っている時に、時間だからって帰ったりできません。お手伝いします！」

「でも、何時までかかるかわからないよ？」

「かまいません。ここで手伝わずに帰ったら、私たぶん一生後悔します。お願いします、私はあなたのお役に立ちたいんです！」

父が倒れてから今まで、私を助けてくれて、支えてくれたあなたの力になりたい。思いが、通じたのかもしれない。

智明さんは「わかったよ」と苦笑交じりに言うと、私の肩をポンと叩いた。

「……本当に結月にはかなわないな。俺のこと助けてくれる？」

「もちろんです！」

はりきって返事をすると、智明さんはくしゃっと笑った。

乱れてしまった久留米松の姿を整え、再度花を生け終えた時には、もう明け方近かった。

「できた……」

「できましたね」

最初の仕上がりとは変わってしまったけれど、それでも所々枝の折れた松を使ったとはとても思えない、立派な作品が完成した。

シアターの管理者に報告してくる、と席をはずした葛城さんに代わって、トラブルを報告していた映画の配給会社に智明さんが連絡を入れる。落下事故の後すぐに会場にやって来て、いったんどこかに行っていた配給会社の人たちが、血相を変えて駆け込んできた。

「……え？」

話している途中で急に厳しい顔つきに変わった智明さんを、ハラハラしながら見つめていると、智明さんに手招きされた。

「なにかあったんですか？」

配給会社の人たちも深刻な表情をしている。その中のひとりがうなずくと、智明さんは驚くようなことを口にした。

「ライトが落下するよう、故意に手を加えていた可能性があるらしい」

「えっ？」

それって、誰かが私たちのことを傷つけようとしたってこと？

信じられない気持ちで、智明さんを見上げる。彼の顔色はあきらかに悪く、その話が事実であることを告げていた。

そんなこと……。でも、まさか。

物思いに沈む私を、智明さんの鋭い視線が捉える。でも私は、気がつかないふりをした。

「藤沢さんは、なにか気づいたことはありませんか？」

「いえ、特には……」

「そうですか」と言って、私に尋ねた人がため息をつく。

「またなにかわかったことがあればお知らせします」と言い残し、配給会社の人たちは帰っていった。

ふたりだけになった空間に、気まずい空気が漂う。しばらく沈黙が続いた後、智明さんが口を開いた。

「結月、ひょっとして心あたりあるんじゃないの？」

「……特に、なにも」

それだけ言って、口をつぐむ。なにかに感づいたのだろう、智明さんが厳しい声を出した。

「やっぱりなにか隠してるよね？」

怖い顔で詰め寄られ、私は観念した。

「実は、氷見さんが……」

氷見さんが差し入れを持って現れた後、氷見さんのマネージャーと現場のスタッフが会場の片隅で話し込んでいたのをたまたま見かけたのだ。どう考えても接点のないふたりが親密そうに話しているのを見て違和感を抱き、覚えていた。

「……くそっ！」

私の話を最後まで聞き終えた智明さんが、どこかへ飛び出そうとした。

まさか、氷見さんのところへ行くつもりなの？

急いで会場を出ようとする智明さんの前に立ちふさがり、必死で彼を引き留める。

「どいて結月」

「ダメです……、ダメです智明さん。お願いだから落ち着いてください！」

私が大きな声を出すと、智明さんはハッとして足を止めた。振り返って私の顔をまじまじと眺めると、智明さんは一瞬顔をぐしゃっとゆがめて、私をきつく抱き寄せた。

「……智明さん？」

驚くような強い力で、腕の中に閉じ込められた。智明さんの鼓動が、ドクドクと耳に響く。

「……絶対に、許せない。許せるわけがない。下手したら、結月が傷ついていたかもしれないんだよ。ひょっとしたら、それだけじゃすまなかったかもしれない……」

私を抱きしめる智明さんの体が、微かに震えている。彼の鼓動の大きさとかすれた声に、事の重大さを思い知った。

「智明さん、私なら大丈夫。ちゃんと生きています」

私の存在を感じてほしくて、彼の背中に精いっぱい腕を回し、ぎゅっと抱きしめる。小さな子どもをあやすように、ポンポンと背中を優しく叩いた。

たぶん智明さんは、大切な誰かを失うことを、自分が思っている以上に恐れている。

「約束します。私は決して、あなたの前からいなくなったりしません」

だから安心して、落ち着いて。

私は、彼がいつもの冷静さを取り戻すまで、彼の震える背中をなで続けた。

どれくらいの間そうしていただろう。少し落ち着いたらしい智明さんが、そっと体を離した。私を見つめる瞳は物言いたげで、でもなにから話せばよいのか、迷っているように見えた。

ふっと微笑んで、智明さんを見上げる。私から先に口を開いた。

「智明さん、今回の件なかったことにできますか?」

「……なかったことに？」

私がこんなことを言い出すなんて、思ってもみなかったのだろう。私の問いに、智明さんは眉をひそめた。

ライトを落とした犯人が、私たちの推測通り、氷見さんだったとして……。これだけのスキャンダルが公になれば、ようやく公開初日を迎えた映画も、せっかくひと晩かけて作り直した智明さんの作品も、すべてが台無しになってしまうだろう。

そしてこの映画に関わったすべての人々に、どれだけ大きな損害を与えることになるか、私には想像もつかない。

……本当はまだ、怖いけれど。私だってさっきから震えが止まらないけれど。智明さんのために、私は必死に笑顔をつくった。

「怪我もしていないし、私なら平気です。この映画の制作に関わった人たちのためにも、今回のことはなかったことにしましょう」

私が言うと、智明さんはしばらく押し黙った後、初めて聞くような低い声で、

「……わかった」とつぶやくとゆっくりとうなずいた。

その数時間後、私たちはなんとか無事に映画の公開初日を迎えることができた。

前評判が高く、実力派の俳優陣を取り揃えていたこともあってか、会場は超満員で、映画は順調なすべり出しを見せたと思う。

「展示している作品の方もかなりの評判だそうですよ！」

映画の上映が終わってすぐ、私は智明さんの作品が展示してある映画館のロビーに顔を出した。劇中に登場したものとまったく同じ作品が見られるとあって、作品の前はどこも大勢の人々でごった返していた。

「よかったよ、安心した」

和装から着替え、私服に戻った智明さんが安堵のため息をついた。

「今葛城さんが車を回してくださってます。今日はご自宅に帰って、ゆっくり体を休めてください」

あんなことがあって、結局智明さんは自宅に帰れないまま。葛城さんが手を回して、急遽ホテルの部屋を押さえ、そこでシャワーを浴びて着替えをし、寝る間もなく舞台挨拶を迎えたのだ。

「ありがとう、今日はそうさせてもらうよ。でも、その前に結月に一緒に来てほしいところがあるんだ」

「私に、ですか？」

私が聞き返すと、智明さんは言葉に出さず、うんと深くうなずいた。

智明さん、いったいどこに行くつもりなんだろう。無言で廊下を進む智明さんのうしろを、早足でついていく。

エレベーターに乗り彼が向かった先は、ホテルの最上階のスイートルームだった。

トントン、と智明さんがノックをすると、

「どうぞ」

と中から女の人のやわらかな声がする。この声は……間違いなく、氷見さんの声だ。

「失礼します」

智明さんと私が顔を覗かせると、氷見さんは一瞬顔色を変えた。

「……羽根木先生、舞台挨拶お疲れさまでした。どうぞおかけになって。今お茶を用意させますわ」

しかし氷見さんはすぐに取りつくろって、いつもの優雅な笑みを浮かべる。

「いや、結構」

ルームサービスを頼もうと電話の受話器を取った氷見さんを、智明さんは冷たく厳しい声で制した。

「……どうなさったんですか、そんな怖い顔をなさって」

「氷見さん、単刀直入に聞きます。昨夜のライト落下事件、やったのはあなたですか？」

「いったいなにを……」

言葉を詰まらせた氷見さんを見て、智明さんはさらに表情を険しくした。私は部屋の入り口に立ち尽くし、ふたりの緊迫したやり取りを黙って見ているしかできなかった。

「あなた、マネージャーを通じてスタッフのことを買収しましたよね？　ふたりとも認めましたよ」

智明さんが言うと、氷見さんは唇を噛んだ。一瞬うつむいて、またすぐに顔を上げ、キッと私を睨みつける。

「あなたが、私じゃなくこんな子を選ぶから」

氷見さんの綺麗な顔が、憎悪でゆがむ。智明さんを睨みつけると、氷見さんは細く美しい指を私の顔へ向けた。

「なぜこんな平凡な子を選ぶの？　私のこと馬鹿にしてるの？　……どうしても許せなかったのよ」

なんてこと。氷見さんは、やはり私のことを狙ったんだ。

差し入れに来た時、私がメイン作品の『花酔い』のアシスタントについていることを知って、氷見さんは、あのほぼ真上にあるライトに細工するよう、スタッフのひとりに頼んだ。智明さんの言う通り、一歩間違えば私は命を落としていたかもしれない。今になって、恐怖が襲ってくる。

私が、言葉を失っていると、隣にいた智明さんが静かに口を開いた。

「あなたは知らないだろうが、結月は未熟なりに、生け花を習得しようと忙しい仕事の合間を縫って、日々努力をしている。そして私を、私の作品を大切に思ってくれている。あなたが躊躇なく壊した作品を、結月は簡単に捨ててしまうのではなく、壊れた部分も活かして再生することを選んだんです。自然への感謝の心を忘れず、万物を思いやることのできる結月だからこそ、私は惚れたんです。彼女のような人間こそ、香月流の人間としてふさわしい」

智明さんが話し終えると、氷見さんは眉間に寄せていたしわを解いた。脱力したように体をソファに凭れさせ、深いため息をつく。

「……私は、この世界でずっと一番になるためにやってきたの。その座を奪おうとするものが現れるたび、その誰かを蹴落として、この世界で生きてきた。自分が一番になれないのなら意味がないし、私はこの生き方を変えられない。……よくわかったわ。

私とあなたの世界は、相容れない」

「ようやくわかっていただけてホッとしました。今回のことは口外しませんので、どうぞあなたは勝手に、あなたが信じる道を進んでください」

そう冷たく言い放つと、智明さんは氷見さんに背を向けた。私の手を取り、氷見さんがいるスイートルームから出ていく。

最後に振り返って見た氷見さんの表情には反省の色などなく、悔しそうに歯噛みをしていた。


葛城さんの運転する車に揺られ、私は智明さんと共に、初めて彼のマンションを訪れた。どうしてもふたりで話がしたいからと、智明さんに乞われたのだ。

「お疲れさまでした。おふたりとも明日の朝お迎えに上がります」

「えっ⁉」

「頼んだよ、葛城。お疲れ」

葛城さんったら、お泊まり確定だと思ってるの？　気恥ずかしくてひとりで顔を熱くしていると、智明さんが「なにしてるの結月。早く行こうよ」と言って、ぐいっと私の手を引いた。

都心の湾岸エリアにあるタワーマンションの一室が、智明さんの住まいだった。コンシェルジュのいるロビーを抜け、エレベーターで三十階まで上がる。この階の最奥、海に面したフロアに智明さんの部屋はあるらしい。

「……お邪魔します」

「どうぞ。着替えてくるから、結月はゆっくりしてて」

智明さんはそう言って、リビングのドアを指差した。

「はい、ありがとうございます」

プライベートルームへと向かう智明さんを見送って、私は廊下を進んだ。玄関ホールだけで、私の部屋と同じくらいの広さがありそうだ。

長い廊下を歩き、突きあたりのドアを開けた。入ってすぐがキッチンらしい。モデルルームにありそうな豪華なアイランドキッチンを横目に、リビングへ向かう。シンプルな家具で統一されたリビングは、物も少なくあまり生活感を感じさせない。こんなに広くて素敵な部屋に住んでいるのに、家には寝に帰るくらいなのだろう。なんだか勿体ない。

「うわ、綺麗……」

リビングの大きな窓は、カーテンが開いていた。窓の外には、東京湾と銀座の夜景が広がっている。

昨日からずっと、予想もしないことが次々と起きて休む暇もなくて、体も心もクタクタだった。それでも、こんなに素敵な景色を眺めていると、元気が出てくる気がする。

ソファに座るどころか、飽きずに窓からの景色を眺めていると、私服に着替えた智明さんがやって来た。

「そんなとこに立ちっぱなしでなにしてるの？」

「あ……、夜景が。綺麗だなって」

「結月は本当に景色を見るのが好きだね」

智明さんも窓辺まで来ると、私の隣に立つ。しばらく一緒に、窓の向こうに広がる夜景を眺めた。

智明さんは私の方を向くと、おもむろに口を開いた。

「結月、昨日から本当にありがとう」

「そんな、私はなにも」

首を振る私を見て、智明さんはなぜかまぶしそうに目を細める。

「昨日、事件が起きた後さ、結月に言われるまで、俺は折られた松の代わりになにを使おうってそればっかり考えてた。生け花をやるうえで一番大切なことを、日々の忙しさに紛れて忘れてたのかもしれない」

自然への敬意、生け花のため手折ることを許してくれる花たちへの感謝の気持ち。

智明さんはそう言うけれど、私はあなたと出会わなければ、そのことに一生気がつくことはなかったかもしれない。

「……結月」

私の手に、智明さんが触れる。いつになく真剣な表情に、心臓がトクトクと音を立てる。

智明さんは、まるで生まれたてのひなを包むように私の手を両手で包むと、唇で左手の指先に触れた。

「俺さ、どうしても結月がいいんだ」

あの日、夜空に噴き上がる噴水の下で、ふたりで手をつないでいた時のような濃密な空気が、再び私たちを包む。

「俺、一生一緒にいるのは、結月がいいなぁ」

「智明さん……」

心臓の音が、うるさいくらい鳴り響く。宝石箱をひっくり返したような夜景が広がる中、私は息をのんで彼からの言葉を待った。

「結月、俺と結婚してください」

「……っ」

言葉よりも先に、涙があふれてしまう。父が倒れたばかりの頃は、まさかこんな未来が待っているなんて、思ってもみなかった。

「結月……泣いてたらわからないよ。結月の返事をちょうだい」

私が感極まってこうなっていることくらいわかっているくせに。智明さんはどうしても言葉にしてほしいらしい。意地悪な瞳が、私を覗き込む。

両手で涙をぬぐい、大きく息を吸った。

「……智明さん、こんな私でもよかったら、結婚してください」

私の返事に、智明さんが破顔する。私をぎゅっと抱きしめると、存在を確かめるように、さらに私を抱く手に力を込めた。

こんなにうれしいことってない。心の奥で、どんなに自分が智明さんからのこの言葉を待ち望んでいたのかがよくわかった。

「圭吾さんのことも、香月流のこともいろいろあるけど、ふたりで乗り越えよう。ふたりで、幸せになろう」

「……はい！」

智明さんは笑みを浮かべると、私の頬に手を添えた。ゆっくりとまぶたを閉じる。望んでいた言葉と共に降ってきた、彼のやわらかな唇を、私は夢見心地で受け止めた。


氷見さん主演の映画は大ヒットし、この年の興行成績を塗り替えた。それと共に、智明さんの名はさらに大きく知れ渡り、メディアへの露出や講演依頼、そしてなにより香月流の門を叩く新規の生徒さんが増え、とにかくこの夏は多忙を極めた。

そして今私たちは、秋に開催される年に一度の花展の最終準備に追われている。

智明さんからプロポーズされた夜、初めて彼の部屋に行ってからというもの、私は仕事や父の病院からの帰りに、彼の部屋に立ち寄ることが増えた。

智明さんの部屋に通うようになってわかったことがひとつある。それは、智明さんはあまり食べ物に頓着しないということだ。

彼の毎日は、あくまで香月流次期家元としての仕事が優先で、帰りが遅ければ、食事を摂らずに寝てしまうこともしばしば。朝食代わりにコーヒーだけを飲んで、仕事へやって来ることもある。

こんな生活を続けていれば、いつか智明さんが倒れてしまう。

彼の体を心配した私は、仕事や父の病院からの帰りに彼の部屋に寄り、手料理を作るようになった。栄養のバランスを考え、そう食に関心のない智明さんでも箸が進むように、彩りや盛りつけも、私なりに工夫を凝らしている。

「うわ、今日もおいしそうだね」

シャワーを浴びて部屋着に着替え、リラックスムードの智明さんが、私の料理を見て目を輝かせた。

「智明さん、辛いものも好きでしたよね？　初挑戦だからうまくできたか心配だけど……」

今日のメニューはタイ料理のガパオライスと酸味の効いたトマトと卵のスープ。

私が作った料理だから、気を使って「おいしそう」だなんて言ってくれているのかもしれない。でもそれで、残さず食べてくれるなら言うことはない。

「どれでも好きなだけ食べてくださいね。スープは多めに作って冷蔵庫にも入れてますから、また明日にでも温めて食べてください」

「わかった。ありがとう」

智明さんのことだ。きっと『せっかく結月が作ってくれたんだから』と残りも全部食べてくれるはず。

智明さんの愛情を利用しているみたいで、本当はちょっとだけ気が引ける。それでも、彼の体調を管理して、仕事に集中できる環境を整えることは、私にしかできないことだと思うから……。

今日は、智明さんが通っていた大学の付属幼稚舎で、小さな子ども向けの生け花の体験会が行われた。智明さんはそこに講師として呼ばれ、子どもたちと一緒に生け花の作品を幾つも作り上げてきた。

私の手料理を食べながら、智明さんは子どもたちとの間に起きた数々の出来事にもしろおかしく話してくれた。

夏前に行った京都旅行以来、私たちは旅行どころか、満足にデートもできずにいる。それでも智明さんは、忙しい合間を縫って、ふたりの時間をつくってくれる。

こうして智明さんと向かい合って、その日にあったことを話す時間は、私にとって貴重でかけがえのないものだと心から思う。

……こんな時間が、もっと続けばいいのに。

窓に映る夜景を見ながらぼんやりとそんなことを考えていると、食後のお茶を飲んでいた智明さんが、そっと手を握り、私を現実の世界に呼び戻した。

「また夜景見てたの？」

「はい。いつ見ても綺麗だなぁって思って」

「そんなに好きなら、もうここに住んじゃえばいいのに」

「智明さんったら……」

いたずらっぽい笑みを浮かべ、智明さんが言う。

私だって、できることならずっと智明さんと一緒にいたい。智明さんからのプロポーズを受けたものの、父のことが頭をよぎり、プロポーズから数週間経った今も、具体的なことはなにひとつ決まっていなかった。

「結月はさ、結婚のことどう思ってるの？」

「それは……」

智明さんと結婚したい、大好きな彼と一緒に、香月流を守っていきたいという気持ちは変わらない。

でも病を患った父のことを考えると、私はなかなか次の一歩を踏み出せずにいた。

「急かすつもりはないんだ。でも本音を言えば、俺はすぐにでも結月と結婚したい。ここから自分の家へ帰る結月を見送るのは嫌だし、また氷見さんの時のようなことがないとも限らない。ずっと一緒にいて、君のことを守りたい。でも結月は、圭吾さんのことが気になってるんだよね？」

「……はい」

胸のうちをはっきりとは明かしていなかったのに、智明さんは私の迷いをわかっていた。

「私もずっと智明さんと一緒にいたい。でも、だいぶ動けるようになったとはいえ、病気の父のことを考えると、このまま結婚の話を進めていいんだろうかって迷いもあるんです……」

智明さんと結婚すれば、私は当然、羽根木の家に入らなければならない。忙しく全国を飛び回る彼について回らなければならないだろうし、東京にいたとしても今までのように、父の世話を焼くことはできないだろう。

私がずっと引っかかっていたことを言うと、智明さんはふっと小さく笑みを浮かべた。

「結月、一緒に圭吾さんに会いに行かないか？」

「……父に？」

「ああ。結月と結婚を前提に付き合っていることを、ちゃんと報告しておきたいんだ」

「でも、智明さん忙しいのに、そんな時間取れるんですか？」

「大切なことだから、結月と一緒に報告に行きたい。結月と圭吾さんのためなら、どんなに忙しくても時間は空けるよ」

そんなふうに言ってくれるだけで今は十分だと思うけれど……。それでは智明さんの気がすまないだろう。

「ありがとうございます。スケジュールのこと、葛城さんにも相談してみましょう」

「ああ、できるだけ早くね」

智明さんは私の肩を抱き寄せると、頭のてっぺんにキスを落とした。

ふたりの未来へ

週末の、わずかな空き時間を使って、私と智明さんは父の病室を訪れた。

「ああ結月。智明くんも。よく来たね」

「こんにちは圭吾さん。調子よさそうだね」

リハビリをがんばったおかげで、父の体は、以前のようにとまではいかないまでも、順調に回復している。「ほっ、見てくれよ」と言って、父はわずかに麻痺が残っていた右手をグーパー、グーパーと握ったり開いたりして見せてくれた。

「今日はどうしたんだ。ふたり揃って」

パイプ椅子を出して、智明さんと並んで腰掛ける。

彼は父に向き合うと、意を決して話し始めた。

「圭吾さん、今日は話があって来たんだ」

「なんだい？」

これから父に結婚の報告をするのだと思うと、緊張が走った。

「俺と結月は、結婚を前提に付き合ってる。結月と、一生一緒に過ごしていきたいって思ってる」

智明さんの言葉一つひとつが、ゆっくりと胸に染み渡っていく。

私も、同じだ。智明さんのすぐ隣で、ずっと彼のことを支えていきたい。

まだまだ頼りないかもしれないけれど、誰になんて言われようと、彼と一緒に生きていきたい。

この気持ちは、なにがあっても揺らぐことはない。

「……父さん、私も智明さんのことが大好きなの。彼と一緒に生きていきたい。私が彼を幸せにしたいの」

「そうか、とうとうこの日が来たのか……」

「……父さん?」

きっと驚くだろうと思っていたのに、父はまるでこうなることがわかっていたみたいだった。予想外の反応に戸惑っていると、そんな私を見て、父はくすりと笑みを浮かべた。

「ああ、智明くんの気持ちは聞いていたんだ。でもまさか、こんなに早く報告を受ける日が来るとは思ってなかったな……」

そう言うと、父はほんの少しだけ寂しそうな顔をした。

「智明さん、どうして父に？」

私に気持ちを伝えるより先に、父に話していたってことだよね？

「結月は覚えてるかな？　初めての生け花の稽古の後、圭吾さんのお見舞いに来た日のこと」

「はい」

「あの時、俺と圭吾さんとふたりで散歩に行っただろう」

「私もついて行きたいって言ったのに、連れていってくれなかったですよね」

たしか『男同士で話があるから』と言って断られたはず。病室で待っていた私は、ふたりの帰りを待ちきれず、うたた寝をしてしまった。

「結月が智明くんを選べば、おまえはこれまで以上に香月流に関わらざるを得なくなる。あの日智明くんは、そのことも踏まえて結月に交際を申し込んでもいいか、父さんに承諾を得に来てくれたんだよ」

「そうだったんですか……」

驚いて隣を見上げると、智明さんはほんのり頬を赤くして、首のうしろをかいた。

「ためらいもあったんだ。俺と関われば、どうしたって香月流がついて回る。社会に出たばかりの君を、香月流に縛りつけてもいいのかって」

私の知らないところで、智明さんも悩んでいたんだ。

「ひょっとして、あの時の『忘れて』も」

「結月のことを思うと、ああやってブレーキをかけずにはいられなかった。混乱させて悪かったよ」

すまなそうに眉根を寄せる智明さんに、私は「もういいんです」と首を横に振ってみせた。智明さんは一瞬安堵の表情を見せ、再び父の方へと向き直る。

「圭吾さんお願いします。

「お願いします！」

智明さんと一緒に、父に頭を下げた。

「俺は……うん、うれしいよ」

その声に顔を上げると、父は笑みを浮かべていた。でもなんだか、今にも泣きそうだ。

「父さん……」

「結月、智明くんのもとに嫁ぐということは、香月流の人間になるということだ。きっとつらいことや悔しい思いをすることもあるだろう。でも、なにがあろうと、ふたりで助け合って、乗り越えていきなさい」

「……はい！　ありがとうございます、圭吾さん」

「でも、今すぐってわけじゃないの。父さんが退院して、落ち着いて日常生活を送れるようになったら……」

「なに言ってるんだ。父さんなら平気だよ。だいぶ動けるようになったし、白井にも、退院したら国内のフィールドワークに出かけようって誘われてるんだ。俺のことは気にしなくていい」

「父さん……」

「それに父さんには、新しい夢ができたんだ。がんばってちゃんと歩けるようになるから、一緒にバージンロードを歩こうな。結月、父さんの夢を早く叶えてくれ」

「父さん、ありがとう」

今までずっと、ふたりでやってきたのだ。父が寂しさを感じていないはずはない。

それでも父は、私たちの背中を押してくれた。

「智明くん、結月のことをよろしくお願いします」

「はい、必ず幸せにします」

「父さんの夢叶えるから。……約束ね」

「ああ、頼むよ」

ベッドの父に、そっと小指を出す。子どもの頃のように、父は指きりげんまんをしてくれた。


「幽玄様より、お呼び出しがかかっております」

そう葛城さんに告げられたのは、いまだ真夏日が続く九月の初め。そろそろ幽玄様にも挨拶に行かなくてはいけないね、と智明さんと話をしていた頃のことだった。

連日、稽古だ、テレビ出演だ、地方での講演会だと忙しい智明さんだけれど、今日は花展の打ち合わせだけの、ゆったりとしたスケジュール。香月流本部ビルでの打ち合わせ終了後、秋口に開催される年に一度の大きな花展、『香月流いけばな展』のポスターの最終確認をしてもらっている。

「え、それホント?」

「本当です、智明様」

「とうとう来たか……」と智明さんが表情を曇らせる。

「智明さん、なにかやらかしたんですか?」

智明さんがそんな顔をしてるってことは、幽玄様を怒らせるようなことでもしでかしたんだろうか。智明さんにしては珍しいな……と思っていると。

「なに他人事みたいな顔してるの。結月も一緒に行くんだよ」

智明さんに、丸めたポスターでぺこんと頭を叩かれた。

「えっ、私も？　ってことはまさか……」

「はい。智明様と結月さんのことが、先に幽玄様のお耳に入ってしまいました。結月さんもご一緒にお願いします」

葛城さんの言葉に、智明さんと顔を見合わせた。

そう遠くないうちに結婚の報告をしに行くつもりだったとはいえ、突然向こうから言われると緊張してしまう。

うろたえる私を見て、智明さんは「そんなに動揺しなくても大丈夫だよ」と苦笑いを浮かべた。

私がうろたえるのには、それなりに理由がある。

あの才色兼備の松原さんだって、葛城さんとの結婚を認めてもらうために何年も生け花の稽古に励み、ようやく師範代の資格を手に入れた。

それに比べて私は、生け花を始めてまだ半年ほど。香月流のことや智明さんの仕事のこと、勉強しなくちゃいけないことはまだまだたくさんある。

ただのアシスタントにすぎない私が、本当に、智明さんのパートナーとして幽玄様に認めてもらえるだろうか……。考えても仕方のないことだとわかってはいる。それでも不安はさらに膨らんでいく。

「せっかく向こうから言ってきたんだし、一度祖父に会って三人で話をしよう。いいかな？」

「はい……」

正直に言って、あまり自信はない。でもだからって、尻込みしている場合じゃない。

葛城さんを通してお互いの日程の調整をしてもらい、とうとう幽玄様と対面する日時が決まった。


まだまだ残暑の厳しい、九月第二週の日曜日。私たちは、智明さんの運転する車で、幽玄様が待つ羽根木の本家へと向かった。

「智明さん、本当に私この格好でいいんですか？　やっぱり着物の方がよかったんじゃ……」

今日の私は、ブランド物のシンプルなワンピース姿。生地に少しだけ光沢のあるシックな印象のもの。香月流の家元である智明さんに少しでもふさわしくありたくて、ちょっと背伸びをして、あえていつもより大人っぽい雰囲気のものを選んだ。

今日の服装は、一応智明さんと相談して決めた。

智明さんは、『交際の報告と結婚の意志を伝えるだけなんだし、そんなに気張らなくていい』と言ってくれたけれど、幽玄様は華道のお家元なのだ。松原さんも、幽玄様との対面の際は着物姿だったし、失礼にはあたらないのかな、と今さらながら不安になってしまう。

「この人が俺の婚約者です、ってとりあえず紹介するだけだから。今日はそんなにかしこまらなくていいよ」

智明さんは隣に座る私をちらりと見ると、「大丈夫、そのワンピース結月によく似合ってる。すっごくかわいいよ」と言ってまぶしそうに目を細めた。

智明さんに褒められたのがうれしくて、……ちょっと気恥ずかしくて、頬が熱くなる。

「そ、そうですか？」

「うん。それに着物なら、羽根木家に嫁いでくれれば、これから嫌というほど着る機会があるよ」

羽根木家に、嫁ぐ。

これまで漠然としていた智明さんとの結婚話が、にわかに実感を持って押し寄せてくる。

緊張でドキドキする胸を押さえ、私は何度も深呼吸を繰り返した。

そうこうしているうちに車はビル街を通り過ぎ、閑静な住宅街へと入っていった。

「もうすぐ着くよ。あ、うちの敷地に入った」

「……え？」

道路と敷地を区切る木製の柵が、どれだけ進んでも途切れない。

五分ほどそのまま進んで、ようやく木製の立派な門が現れた。

智明さんの来訪を察知したのか、門扉が自動で開く。時代を感じさせる大きな門をくぐってしばらく行くと四、五台の車が並ぶ駐車場に着いた。

止まっている車は、どれも高級車ばかり。車には詳しくない私でさえ、そのエンブレムを見ただけでうろたえてしまう。智明さんは慣れた調子で車を止めると、車から降り助手席側に回った。

「どうぞ」

「ありがとうございます」

智明さんにエスコートされて車から降りると、改めて眼前に広がる光景に圧倒された。

木々の間から覗く、大きな池。まだ夏の名残を残す陽光に水面がきらめき、鯉の群れが悠々と泳いでいる。池の奥には、離れらしき建物も見えた。

「どうした、結月」

智明さんに肩を叩かれ、我に返る。

「ちょっと……圧倒されちゃって」

「庭いじりはじいさんの趣味だからね。褒めてあげたら喜ぶよ」

……この広さ、庭いじりってレベルではないのでは？

「行こうか」

「あっ、はい！」

庭に気を取られていた私の手を取り、智明さんはどんどん奥に進んでいく。

鬱蒼と葉を茂らせる木々の隙間に、和風建築の立派な屋敷が見える。まるで旅館の入り口のように広い玄関を前にして、智明さんは足を止めた。

「結月、緊張してる？」

「してます、とっても」

緊張のあまり、昨夜はほとんど寝られなかったし、ごはんもあまり喉を通らなかった。

そして今は、羽根木本家の想像を超える広さ、立派さを目の当たりにして、足がすくんでいる。

「大丈夫だよ、俺がいるから」

小さく震える私の手をぎゅっと握り、智明さんは玄関の引き違いの扉を開けた。

「智明です。ただいま戻りました」

智明さんの凛とした声が、人の気配のない静かな廊下に響く。数秒後、近くの部屋のふすまが音もなく開いたかと思うと、背が高く、がっしりした体格の五十代くらいの男性が姿を現した。

「智明様お帰りなさいませ」

幽玄様の秘書をされている方だろうか。一八〇センチ近くある智明さんでさえ、少し目線を上げるくらいの背の高さ。精悍な印象だけれど、少し目もとに甘さが残るこの感じ。なんだか既視感があるなぁと思っていると……。

「お部屋で旦那様がお待ちです。ご案内いたします」

「うん、ありがとう葛城さん」

「え、葛城さん？」

つい声に出してしまった私に優しく微笑むと、葛城さんは恭しく頭を下げた。

「藤沢様、私は幽玄様の秘書をしております葛城雄大《ゆうだい》と申します。息子の琉斗がお世話になっております」

やっぱり、葛城さんのお父さん！　どうりで既視感があるはずだ。少し垂れた目もともがっしりとした体形も、葛城さんとてもよく似ている。

「こ、こちらこそ、いつも琉斗さんにはお世話になっております。藤沢結月と申します。よろしくお願いいたします」

慌てて私も頭を下げる。顔を上げると、葛城さんは智明さんと私を見比べて、なんともうれしそうな、誇らしそうな顔をしていた。

「まさか私の目の黒いうちに、智明様のお相手の方を拝める日が来るとは……」

「葛城さん、どんだけ俺がモテないと思ってるの」

「そのようなことは思っておりませんよ。智明様が本当に心を開ける方と出会えて葛城はうれしくてたまらないのです。……うぅ」

胸に来るものがあったのか、葛城さんは指先で目尻をぬぐっている。

「あの、葛城さん。よかったらこれ使ってください」

私はクラッチバッグの中からハンカチを取り出すと、葛城さんに手渡した。

「ありがとうございます、藤沢様。さすが智明様がお選びになった方だ、なんとお優しい」

「そんな、大げさな……」

葛城さんはハンカチで涙をぬぐうと、私の手をしっかと握る。

「どうか、どうかお願いです藤沢様。智明様を決してお見捨てになりませんように……」

「ちょっと、葛城さん。結月が困ってるでしょう」

必死すぎる葛城さんに、智明さんはあきれ顔だ。固まっている私を見て、やんわりと葛城さんの手をはずしてくれる。

「だ、大丈夫ですよ葛城さん。見捨てたりなんてしませんから」

「本当に？」

ようやく安心したのか、葛城さんは胸に手をあて、ホッと息を吐く。その様子を見て、私と智明さんは顔を見合わせた。

秘書の葛城さんでさえ、交際の挨拶に来ただけでこの反応だ。

『愛のない結婚はしない』と言い張ってきた智明さんが、周りの人たちをどれだけ心配させていたのかがわかる。

「葛城さんここで立ち話しててていいの？　おじい様のこと待たせてるんでしょ？」

「いけない、そうでした！」

智明さんに言われてハッとすると、葛城さんは顔色を青くした。額に汗まで浮かべているけれど、まさか冷や汗じゃないよね？　……幽玄様ってそんなに怖い方なのかなと、一気に不安が込み上げる。

「ああ、お待たせしては幽玄様に叱られてしまいます。ささ、おふたりとも早く中へ」

葛城さんに背中を押され、思わずすがるように智明さんを見ると、彼は苦笑いを浮かべていた。

「そんなに慌てなくても大丈夫。葛城さん、緊張するのはわかるけどもうちょっと落ち着かないと。おじい様のこと余計に怒らせちゃうよ」

「……そうですね。申し訳ございません」

智明さんの言葉に、葛城さんはしゅんとうなだれた。

なんというか……息子の琉斗さんは感情をあまり表に出さない人なのに、お父さんの葛城さんはまるで正反対みたい。表情豊かで、見ていて飽きないほどだ。

「騒がしくてごめんね。結月、行こうか」

私の不安を感じ取ったんだろう、智明さんはそう言って私の手を優しく握ってくれた。

「はい！」

ぎゅっと握られた手から、智明さんの想いが伝わってくる。

そうだよね。私はひとりじゃない、智明さんも一緒なんだから、気持ちを強く持たなくちゃ！

期待と不安に胸を高鳴らせながら葛城さんの後についていくと、庭に面した広い部屋の前に通された。

「幽玄様、智明様がお帰りになりました」

葛城さんが縁側に膝をつき、閉じた障子越しに声をかける。それにならって、智明さんと私も、葛城さんのうしろで正座をして姿勢を正した。

バクバクという心臓の音が、体中に鳴り響く。人生でここまで緊張したことなんて、ほかにないかもしれない。

「……うむ」

息を詰めて待っていると、ひと呼吸置いて、中から低い声で返事があった。

ああ、この声は間違いない。以前本部で聞いたことのある、威厳に満ちた低い声。

……幽玄様の声だ。

「失礼いたします」

葛城さんの目配せに智明さんがうなずくと、葛城さんは障子にそっと手をかけた。音もなく障子が開く。

私は智明さんと一緒に、三つ指をついて幽玄様のいる方に向かって頭を下げた。

「おじい様、ただいま帰りました」

「ああ、入りなさい」

部屋の中から再び幽玄様の重々しい声が聞こえて、ようやく私と智明さんは顔を上げた。

十二畳ほどの和室の中央に、立派な天然杉で作られたテーブルが置かれている。

私のいる縁側から向かって左側に幽玄様は座っていた。

智明さんに続いて部屋に入り、彼と並んで、幽玄様の対面に座る。葛城さんは黙礼すると、静かに退座した。

幽玄様の年齢は、たしか七十代前半だったと思う。しかし涼しげな紗織《しゃお》りの単衣を身にまとい、ピシッと姿勢よく正座している姿は、実年齢よりも若々しく見える。

幽玄様と視線が合い、体中に緊張が走る。私は、小さく呼吸を整えて智明さんの言葉を待った。

「おじい様、こちらは藤沢結月さん。私がお付き合いしている方です」

「初めまして、藤沢結月と申します。現在、智明さんのアシスタントを務めております」

お辞儀をして、恐る恐る顔を上げると、意外にも幽玄様は私を見てやわらかな笑みを浮かべていた。

「初めまして、羽根木幽玄と申します。あなたのお父様には智明がとても世話になった。感謝してもしきれないほどだ。倒れられたと聞いて気が気ではなかった。なかなかお見舞いにも行けず申し訳ない」

「いえ、そんな。その節は私の方こそ大変お世話になりました。智明さんには、困っていた時に、仕事まで紹介していただいて……」

「それくらい、智明があなたのお父様にしていただいたことを考えたら当然のことですよ」

まさか幽玄様が、父への感謝の気持ちを表してくれるとは思っていなかった。

いくら智明さんのお父様とは親友の間柄だったとはいえ、父の過度ともいえる干渉を快く思っていないんじゃないかって内心心配していたから……。

私はひそかに感動して、そっと胸をなで下ろした。

「それで、ふたりは結婚を前提に付き合っているということだが」

「はい」

話題が核心に触れ、私と智明さんは居住まいを正した。続く言葉を、息を詰めて待つ。

「なんといっても智明がお世話になった藤沢教授のお嬢さんだ。私としては反対する理由はない」

「ほ、本当ですか？」

私は思わず、智明さんと顔を見合わせた。まさか、こうもすんなり認めてくれるなんて！

幽玄様に口出しはさせないとは言っていたけど、智明さんもなにを言われるかと身構えていたのだろう。ホッとしているのがわかる。

「もちろんだよ。家元を継承するというのに、いつまでもひとりでぶらぶらして、いくら見合いを勧めても首を振るどころか身上書すら見ようとしないし。ひょっとして、女性に興味がないんじゃないかと心配していたところだ。結月さんには私の方こそ礼を言いたいくらいだ」

「おじい様、結月さんの前でなんてことを」

顔をしかめる智明さんに、つい笑みがこぼれる。

幽玄様、そんなことまで心配していたんだ。お互い唯一の肉親同士だもの、だいぶ口うるさくしていたようだけれど、幽玄様もそれだけ智明さんのことが心配だったってことなのよね。

ふたりが芯からいがみ合っていたわけじゃないことがわかって、ホッとすると同時にうれしさが込み上げる。

「結月さん、ようやくあなたの笑顔が見られましたな」

「えっ、私ったらそんなに怖い顔を？」

焦って両頬を押さえる私に、幽玄様は笑って首を振る。

「いや、そういうわけじゃない。どうやらだいぶ緊張していたようですな。ずっと顔がこわばっていたようだから。まあお茶でも飲んでリラックスしてください」

幽玄様は笑みを浮かべ、お手伝いさんらしき中年の女性が持ってきてくれたお茶を勧めてくれた。

「ありがとうございます。いただきます」

智明さんをちらりとうかがって、お言葉に甘えてお茶をいただくことにする。ひと口含むと、高級な玉露の甘みが口の中に広がって、緊張をいくらかほぐしてくれた。

以前本部で聞いてしまった智明さんとの言い争いや、玄関での葛城さんの態度から、幽玄様ってずいぶん怖い方なんだろうと勝手に思い込んでいた。でも、案外そうでもないのかもしれない。

　両親のいない智明さんのことを心配しながら、香月流の行く末を案じて、跡継ぎである智明さんに厳しく接してきた。これまでももっと言葉を交わしていれば、ふたりの関係がこうもこじれることはなかったのかも……。

　智明さんと幽玄様はきっと大丈夫。おこがましい考えかもしれない。それでも私がふたりの間に入ることで、もっとふたりの距離が縮まればいいな……。

　智明さんの最近の仕事ぶりや父の病状など雑談を重ね、いくぶん緊張も解けてきた頃だった。

「それで、結婚式はいつ頃にするつもりかな」

「それがまだ、具体的なことは決まっていないんです」

　そう返す智明さんに、幽玄様は「なんだ、ずいぶん悠長だな」と驚いてみせた。

「こちらの言い分ばかりで申し訳ないが、私としては、できるだけ早く結婚の話を進めてほしい。腹を割って話すと、香月流の内部の人間のみならず、外の連中も次期家元に早く嫁をとなにかにつけうるさいのだ。見合いの話もひっきりなしで、それなのに智明が片っ端から会うことすら断るものだから、私もいろいろとやりづらくて困っておるところでな」

幽玄様が恨みがましい視線を送ると、智明さんはなに食わぬ顔で咳払いをした。

なるほど、幽玄様がやたらとお見合いを勧めていたのは、そんな理由もあったから なんだ。智明さんが知らなかっただけで、幽玄様も頭を悩ませていたのかもしれない。

「それに、だ」

そう言って、幽玄様が今度は私に視線を移した。

「一生懸命やってくれている結月さんには申し訳ないが、羽根木に嫁ぐ予定の人間が、次期家元のアシスタントとして働いているというのもどうか……。世間体もあるし、結月さんには智明のアシスタントを辞めてもらって、本家に入って香月流のことを学んでもらうというのはどうだろう」

私が、智明さんのアシスタントを辞める？

想像もしていなかった展開に、驚いて言葉をなくしてしまう。不安な気持ちが、表情に出ていたのだろう。智明さんは私を見ると、安心させるように、力強くうん、とうなずいた。

「おじい様、葛城の異動を控えた今、結月さんにアシスタントを辞められるのは私にとってはかなりの痛手です。どうにか考え直していただけませんか？」

「だが、しかし……」

幽玄様はそうつぶやくと、難しい顔をして黙り込んだ。ふたりの様子を見守り、私は一度まぶたを閉じた。

香月流の家元である智明さんのもとへ嫁ぐということは、こういうことなのだ。香月流を束ねる一家の一員として、香月流繁栄のために時には自分を殺して一心に尽くす。私は大きく息を吸って、覚悟を決めた。

「……わかりました。幽玄様の言う通りにいたします」

「結月」

私を見て、智明さんがすまなそうな顔をする。私は彼に、首を縦に振ってみせた。

「智明さんとの結婚を決めた時から、覚悟はできています。頼りないかもしれませんが、私なりに香月流のためにがんばります。どうか、よろしくお願いいたします」

そう言って、幽玄様に向かって頭を下げる。智明さんも私に続いたのがわかった。

「……結月さん、智明のことを頼みます。智明も結月さんのことを必ず幸せにするのだよ」

そう言った幽玄様の目は、ほんの少し赤くなっているような気がした。

香月流の秋の花展の終了と共に、私は智明さんのアシスタントを辞し、羽根木本家に入った。

葛城さんのお母様のもとにつき、生け花の修業を積み、次期家元の嫁としての心構えや、羽根木の家のこと、そして香月流のことを学ぶ日々。香月流を背負って立ち、日本各地を忙しく飛び回る智明さんとは、なかなか会えない日が続いた。

忙しい日々の中での息抜きは、長年羽根木家のお手伝いをしている美貴《みき》さんという女性と、料理を作ることだった。

智明さんが生まれる前からこの家で働いている美貴さんは、もちろん智明さんの好物も熟知している。

「ぼっちゃんは実は唐揚げとかハンバーグとか、子どもが好むようなものがお好きなんですよ」

「えっ、そうなんですか？」

普段は仕事にかまけて食事に興味なさそうな智明さんだけれど、そんな一面もあるなんて驚きだった。

「ハンバーグなら、コーンを混ぜて焼いたものがお好きでしたねぇ。ほんのり甘くなるでしょ？」

「智明さんって、甘党なんですか？」

辛いものが好きだと聞いていたから、てっきり甘いものは苦手なんだと思い込んでいたけれど、違ったの？

「そういうわけではないんですけど……。子どもの頃に一度、お友達のお誕生会にお呼ばれして、そこでコーン入りのハンバーグを食べたそうなんです。それがすごくおいしかったらしくて。そこのご家庭は、子どもさんの誕生日にはご両親とも仕事を休んでお祝いしてくれるとかで。子ども心にうらやましかったんでしょうねぇ……」

両親の温もりを知らない智明さんは、自分の誕生日すらひとりで過ごすことが多かったという。

「あの頃幽玄様は、とにかく香月流を守ろうと必死でいらっしゃいましたから。ぼっちゃんのお誕生日もお忘れになることが多くて。ずいぶん寂しい思いをされたと思います……」

昔を思い返しながら、美貴さんは涙ぐむ。智明さんのそういう記憶も、これから私が全部塗り替えていけたらいいな、と思った。

「美貴さん、そのハンバーグの作り方、私にも教えてくださいませんか？」

「ええ、もちろん。実はコーンのほかにも、ちょっとしたコツがあるんですよ。それはですね……」

大量の合いびき肉を大きなボウルの中でこねながら、私は子ども時代の智明さんに思いを馳せた。

智明さんに、会いたいなぁ。

ハンバーグでも唐揚げでも、智明さんの食べたい物をなんでも作ってあげたいし、食べてもらいたい。そして私と出会う前の頃のこと、もっともっと聞いてみたい。

私がそう言うと、美貴さんはうんうんとうなずきながら、目の端に浮かんだ涙をエプロンでぬぐっていた。

その日の夕食の時間、案の定作りすぎてしまったハンバーグを持って、幽玄様の部屋を訪ねた。

「幽玄様、お夕食をお持ちしました」

「結月さんか、ありがとう。……ん？　年寄りばかりのこのうちでハンバーグとは珍しいな」

智明さんが家を出てしまった今となっては、肉料理をメインに出すことも滅多になくなった、と美貴さんが少し寂しそうに言っていた。

「美貴さんから智明さんの好物だとお聞きして、つい作りすぎてしまったんです。お口に合えばいいのですが」

「たまにはこういうのもいい。いただくよ」

晩酌のアテにハンバーグを口に運びながら、幽玄様は機嫌よさそうにしている。その姿に満足して部屋を辞そうとすると、幽玄様がそっと手招きをした。

「結月さん、少し話をしたいのだが、いいかな」

「はい、なんでしょう」

夕食を載せていたトレイを部屋の入り口に置き、幽玄様の向かいに座る。幽玄様は箸を置いて軽く咳払いをした。

「どうだね、本家での暮らしは？」

「はい。覚えることばかりで大変ですけど、とても充実しています」

生け花の世界は学べば学ぶほど奥が深く、もっと知りたい学びたいという意欲は増すばかり。香月流を通じて新しく知り合う人も多く、羽根木本家での暮らしは日々刺激に満ちている。欲を言えば、もう少し智明さんと会えたらと思わなくはない。でも、今私は修業中の身。一日も早く香月流の人間として恥ずかしくないようになることが先だと、日々自分に言い聞かせている。

「結月さんが智明を選んでくれたこと、私は本当にありがたいことだと思っているんだ」

きっと数多くもたらされた縁談の中には、香月流の次期家元に嫁ぐにふさわしい女性がたくさんいたことだろう。それらの縁談をきっぱりと断り、なにも持たない私を選んだ智明さんが責められるのではないかと心配していたけれど、それはまったくの杞憂だった。

「智明の父親が羽根木の家を出たのは、私のせいだ。智明の母親から、まだ生まれたばかりだった智明を取り上げてしまったことも。当時は香月流を守るために自分は正しいことをしていると思っていたが、今となっては、本当に申し訳ないことをしたと思っている」

きっと幽玄様も、長い間深い後悔の中にいたのだ。智明さんだけでなく、幽玄様も同じように苦しんできた。

「智明は私のせいで、家庭というものに希望を抱くことはないだろうと思っていた。このまま私に勧められるまま見合いをし、智明は香月流のためだけに結婚するのだろうと。そんな智明が、自分で選んで結月さんを連れてきたことを、私がどんなにうれしく思ったか……。結月さん、どうか智明の心の拠《よ》り所となって、ふたりで香月流を守っていってほしい」

「幽玄様……」

頭を下げる幽玄様のもとに駆け寄り、私は背中に手を回した。

「どうか頭を上げてください」

そのままゆっくりと幽玄様の体を起こすと、幽玄様は私の手を握った。私を見る瞳から、握られた手から、幽玄様の思いが痛いほど伝わってくる。

そっと幽玄様から離れ、私は畳に両手をついた。

「幽玄様、なにもできない私のことを受け入れてくださってありがとうございます。精いっぱい勤めさせていただきます」

そう言って顔を上げると、幽玄様は私を見つめ、何度もうなずいていた。


あれから半年以上が過ぎた、四月の心地よい風が吹くある日。とうとう私と智明さんは結婚式の朝を迎えた。

近親者のみを呼び、香月流縁《ゆかり》の神社で神前式を済ませた後、都内のホテルに会場を移し、盛大な披露宴が行われる。打ち合わせの席で、披露宴の列席者は五百人を超えると聞き、軽い目眩を覚えたのも懐かしい思い出だ。

「大丈夫？　結月、緊張してる？」

披露宴直前の、新郎新婦控室。白無垢から私は純白のウエディングドレス、智明さんは和装からシルバーグレーのタキシードに着替え、披露宴が始まるのをふたりで待っていた。

羽根木家の結婚式は、挙式から披露宴まで和装で通すのが通例だけれど、『どうしても結月のウエディングドレス姿が見たい』と言い張った智明さんに、幽玄様が折れた形だ。

幽玄様は、これまで聞いたことがないという孫のわがままに、苦笑交じりで応えてくれた。

「緊張はしてます、だけど……」

それよりも、とうとう智明さんの妻になるのだという喜びと、これから一緒に香月流を守っていかなければという責任感の方が強い。心地よい高揚感が私を包んでいた。

「あなたの妻になれて幸せだし、あなたと一緒に、香月流をしっかりと守っていかなければって、そう思ってます」

「なんだ、心配いらなかったな。俺の奥さんはずいぶん頼もしい」

『奥さん』と呼ばれたことに、胸がキュンとなる。本当に私は、智明さんと結婚したんだ！

「そうだ、今のうちに結婚の取り決めをしておこう。いってらっしゃいとおかえりのキスは必ずだろう？　そうだな、子どもは五人くらいは欲しいな」

「え、子どもは五人⁉」

そんなにたくさん？　智明さんがどこまで本気なのかわからないけれど、家庭に恵まれなかった彼が、家族を持つことに前向きであることがとてもうれしい。

好きの気持ちがあふれ出て、彼に飛びついて頬にキスをした。突然のキスに驚いた智明さんが、顔をくしゃくしゃにして笑う。

「そろそろお時間です」

ホテルのスタッフに呼ばれ、私と智明さんは控え室を出た。

「じゃあ結月、俺はここで。バージンロードで待ってるよ」

「はい！」

元気よく返事をして、先に式場に入る彼に手を振った。

「新婦様はここへ」

「はい」

ウエディングドレスの裾を引きずって、ドアに向かってゆっくりと歩く。

私が目指した場所には、すっかり元気になった父が私を待っていた。

「行こうか、結月」

燕尾服に身を包んだ父が、一度は動かなくなった右手を私に差し伸べる。

「はい！」

『新婦の入場です』

智明さんの待つ場所へ、私は父と共に歩きだした。

完

あとがき

皆様はじめまして。美森　萠と申します。このたびは、『イジワル御曹司様に今宵も愛でられています』を手に取ってくださり、ありがとうございます。念願だったベリーズ文庫への仲間入りを果たすことができて、本当に幸せです。

小説を書くようになって五年ほど経ちますが、智明のようにイジワルなヒーローを描くのは、実は初めて。書いていて、「難しいな～」とずいぶん頭を悩ませました。

好きな子ほどイジワルしちゃう、というのはよくある話ですが、子どもっぽくならないように気をつけつつ、そして愛あるイジワルを心がけつつ描《えが》いていって、できあがったのが智明です。

気を許した相手にはイジワルだし、ちょこっと口も悪い。でも本当は不器用で優しい。そういう智明の魅力に気づいていただけたらうれしいです。

ヒロインの結月には、ちょっと試練を与えすぎたかな、とも思わないでもないのですが……。両親をはじめ、周囲からの愛情を一身に受けて育った結月は、明るく素直で一生懸命。ひたむきに咲くタンポポのようなイメージで描いていました。

彼らふたりが再会し、永遠の愛を掴み取るまでの過程をお楽しみいただけたら幸いです。

最後になりましたが、書籍化にあたりご尽力くださいました編集部の倉持さま、鶴嶋さま、編集協力の佐々木さま、そして繊細で美しいイラストで結月と智明に命を吹き込んでくださいました紫真依さま、本当にありがとうございます。

そしてサイト公開時より応援してくださった読者の皆様、この本を手に取ってくださった皆様に抱えきれないほどの愛を込めて。

またお会いできますよう、これからも執筆に励んでまいります。

美森《みもり》　萠《めぐむ》

美森 萠先生への
ファンレターのあて先

〒104-0031
東京都中央区京橋1-3-1
八重洲口大栄ビル7F
スターツ出版株式会社　書籍編集部　気付

美森　萠先生

本書へのご意見をお聞かせください

お買い上げいただき、ありがとうございます。
今後の編集の参考にさせていただきますので、
アンケートにお答えいただければ幸いです。

下記URLまたはQRコードから
アンケートページへお入りください。
http://www.berrys-cafe.jp/static/etc/bb

イジワル御曹司様に今宵も愛でられています

2019年1月10日　初版第1刷発行

著　　者　美森 萠

発 行 人　松島 滋
デザイン　カバー　河野直子
フォーマット　hive & co.,ltd.
校　　正　株式会社鷗来堂
編集協力　佐々木かづ
編　　集　鶴嶋里紗
発 行 所　スターツ出版株式会社
〒104-0031
東京都中央区京橋1-3-1　八重洲口大栄ビル7F
TEL　販売部　03-6202-0386（ご注文等に関するお問い合わせ）
URL　http://starts-pub.jp/
印 刷 所　大日本印刷株式会社

Printed in Japan

乱丁・落丁などの不良品はお取替えいたします。
上記販売部までお問い合わせください。
定価はカバーに記載されています。

ISBN 978-4-8137-0600-7　C0193

ベリーズ文庫 2019年1月発売

『授かり婚～月満チテ、恋ニナル～』　水守《みずもり》恵蓮《えれん》・著

事務OLの莉緒は、先輩である社内人気ナンバー1の来栖にずっと片思い中。ある日、ひょんなことから来栖と一夜を共にしてしまう。すると翌月、妊娠発覚!? 戸惑う莉緒に来栖はもちろんプロポーズ！　同居、結婚、出産準備と段階を踏むうちに、ふたりの距離はどんどん縮まっていき…。順序逆転の焦れ甘ラブ。

ISBN 978-4-8137-0599-4／定価：本体650円＋税

『イジワル御曹司様に今宵も愛でられています』　美森《みもり》 萌《めぐむ》・著

父親の病気と就職予定だった会社の倒産で、人生どん底の結月。ある日、華道界のプリンス・智明と出会い、彼のアシスタントをすることに！　最初は上品な紳士だと思っていたのに、彼の本性はとってもイジワル。かと思えば、突然甘やかしてきたりと、結月は彼の裏腹な溺愛に次第に翻弄されていき…。

ISBN 978-4-8137-0600-7／定価：本体640円＋税

『クールな御曹司の甘すぎる独占愛』　紅《くれない》カオル・著

老舗和菓子店の娘・奈々は、親から店を継いだものの業績は右肩下がり。そんなある日、眉目秀麗な大手コンサル会社の支社長・晶と偶然知り合い、無償で相談に乗ってもらえることに。高級レストランや料亭に連れていかれ、経営の勉強かと思いきや、甘く口説かれ「絶対にキミを落とす」とキスされて…!?

ISBN 978-4-8137-0601-4／定価：本体650円＋税

『お見合い相手は俺様専務!?（仮）新婚生活はじめます』　藍里《あいさと》まめ・著

OL・莉子は、両親にお見合い話を進められる。無理やり断るが、なんとお見合いの相手は莉子が務める会社の専務・彰人で!?　クビを覚悟する莉子だが、「お前を俺に惚れさせてからふってやる」と挑発され、互いのことを知るために期間限定で同居をすることに!?　イジワルに翻弄され、莉子はタジタジで…。

ISBN 978-4-8137-0602-1／定価：本体630円＋税

『誘惑前夜～極あま弁護士の溺愛ルームシェア～』　あさぎ千夜春《ちよはる》・著

食堂で働く小春は、店が閉店することになり行き場をなくしてしまう。すると店の常連であるイケメン弁護士・閑が、「俺の部屋に来ればいい」とまさかの同居を提案！　しかも、お酒の勢いで一夜を共にしてしまい…。「俺に火をつけたことは覚悟して」――以来、閑の独占欲たっぷりの溺愛が始まって…!?

ISBN 978-4-8137-0603-8／定価：本体640円＋税

タイトル、価格等は変更になることがございますのでご了承ください。

ベリーズ文庫 2019年1月発売

『国王陛下は純潔乙女を独占愛で染め上げたい』 星野《ほしの》あたる・著

ウェスタ国に生まれた少女レアは、父の借金のかたに、奴隷として神殿に売られてしまう。純潔であることを義務づけられ巫女となった彼女は、恋愛厳禁。ところが王宮に迷い込み、息を呑むほど美しい王マルスに見初められる。禁断の恋の相手から強引に迫られ、レアの心は翻弄されていき…!?

ISBN 978-4-8137-0604-5／定価：本体650円＋税

『なりゆき皇妃の異世界後宮物語』 及川《おいかわ》 桜《さくら》・著

人の心の声が聴こえる町娘の朱熹。ある日、皇帝・曙光に献上する食物に毒を仕込んだ犯人の声を聴いてしまう。投獄を覚悟し、曙光にそのことを伝えると…「俺の妻になれ」——朱熹の能力を見込んだ曙光から、まさかの結婚宣言!?　互いの身を守るため、愛妻のふりをしながら後宮に渦巻く陰謀を暴きます…！

ISBN 978-4-8137-0605-2／定価：本体620円＋税

『異世界で、なんちゃって王宮ナースになりました。』 涙鳴《るいな》・著

看護師の若菜は末期がん患者を看取った瞬間…気づいたらそこは戦場だった！　突然のことに驚くも、負傷者を放っておけないと手当てを始める。助けた男性は第二王子のシェイドで、そのまま彼のもとで看護師として働くことに。元の世界に戻りたいけど、シェイドと離れたくない…。若菜の運命はどうなる？

ISBN 978-4-8137-0606-9／定価：本体660円＋税

ベリーズ文庫 2019年2月発売予定

Now Printing

『王様の言うとおり』 夏雪《なつゆき》なつめ・著

仕事も見た目も手を抜かない、完璧女を演じる彩和。しかし、本性は超オタク。ある日ひょんなことから、その秘密を社内人気ナンバー1の津ケ谷に知られてしまう。すると、王子様だった彼が豹変！ 秘密を守るかわりに出された条件はなんと、偽装結婚。強引に始まった腹黒王子との新婚生活は予想外の甘さで…。

ISBN 978-4-8137-0617-5／予価600円＋税

Now Printing

『恋する診察』 佐倉《さくら》ミズキ・著

OLの里桜は、残業の疲れから自宅マンションの前で倒れてしまう。近くの病院に運ばれ目覚めると、そこにいたのはイケメンだけどズケズケとものを言う不愛想な院長・藤堂。しかも、彼は里桜の部屋の隣に住んでいることが発覚。警戒する里桜だけど、なにかとちょっかいをかけてくる藤堂に翻弄されていき…。

ISBN 978-4-8137-0618-2／予価600円＋税

Now Printing

『年下御曹司の熱烈求愛に本気で困っています！』 砂川雨路《すながわあめみち》・著

OLの真純は恋人に浮気されて別れた日に"フリーハグ"をしていた若い男性に抱きしめられ、温もりに思わず涙。数日後、社長の息子が真純の部下として配属。なんとその御曹司・孝太郎は、あの日抱きしめてくれた彼だった！ それ以降、真純がどれだけ突っぱねても、彼からの猛アタックは止まることがなく…!?

ISBN 978-4-8137-0619-9／予価600円＋税

Now Printing

『十年越しの片想い』 田崎《たさき》くるみ・著

28歳の環奈は、祖母が運び込まれた病院で高校の同級生・真太郎に遭遇。彼はこの病院の御曹司で外科医として働いており、再会をきっかけに、ふたりきりで会うように。出かけるたびに「ずっと好きだった。絶対に振り向かせる」と、まさかの熱烈アプローチ！ 昔とは違い、甘くて色気たっぷりな彼にドキドキして…。

ISBN 978-4-8137-0620-5／予価600円＋税

Now Printing

『俺だけ見てろよ ～御曹司といきなり新婚生活!?～』 佐倉《さくら》伊織《いおり》・著

偽装華やかOLの鈴乃は、ある日突然、王子様と呼ばれる渡会に助けられ、食事に誘われる。密かにウエディングドレスを着ることに憧れていると吐露すると「俺が叶えてやるよ」と突然プロポーズ!? いきなり新婚生活をおくることに。鈴野は戸惑うも、ありのままの自分を受け入れてくれる渡会に次第に惹かれていって…。

ISBN 978-4-8137-0621-2／予価600円＋税

タイトル、価格等は変更になることがございますのでご了承ください。

ベリーズ文庫 2019年2月発売予定

『転生令嬢の幸福論』 吉澤《よしざわ》紗《さ》矢《や》・著

Now Printing

婚約者の浮気現場を目撃した瞬間、意識を失い…目覚めると日本人だった前世の記憶を取り戻した令嬢・エリカ。結婚を諦め、移り住んだ村で温泉を発掘。前世の記憶を活かして、盗賊から逃げてきた男性・ライと一大温泉リゾートを開発する。ライと仲良くなるも、実は彼は隣国の次期国王候補で、自国に戻ることに。温泉経営は順調だけど、思い出すのはライのことばかりで…!?

ISBN 978-4-8137-0622-9／予価600円＋税

『しあわせ食堂の異世界ご飯3』 ぷにちゃん・著

Now Printing

料理が得意な女の子が、突然王女・アリアに転生!?　ひょんなことからお料理スキルを生かし、『しあわせ食堂』のシェフとして働くことに。アリアの作る絶品料理は冷酷な皇帝・リントの胃袋を掴み、彼の花嫁候補に!?　そんなある日、アリアの弟子になりたい小さな女の子が現れて!?　人気シリーズ、待望の３巻！

ISBN　978-4-8137-0623-6／予価600円＋税

Berry's COMICS
ベリーズコミックス

各電子書店で
単体タイトル
好評発売中!

『ドキドキする恋、あります。』

NEW

『無口な彼が残業する理由①~⑥』[完]
作画:赤羽チカ
原作:坂井志緒

NEW

『クールな同期の独占愛②』
作画:白藤
原作:pinori

NEW

『箱入り娘ですが、契約恋愛はじめました①』
作画:青井はな
原作:砂川雨路

NEW

『エリート専務の甘い策略①』
作画:ましろ雪
原作:滝井みらん

NEW

『上司とヒミツの社外恋愛①』
作画:よしのずな
原作:春奈真実

NEW

『溺甘スイートルーム①』
作画:ふじい碧
原作:佐倉伊織

『俺様副社長に捕まりました。①~④』[完]
作画:石川ユキ
原作:望月沙菜

『専務が私を追ってくる!①~③』[完]
作画:森 千紗
原作:坂井志緒

電子コミック誌

comic Berry's
コミックベリーズ

各電子書店で発売!

他全33作品

毎月第1・3
金曜日
配信予定

amazonkindle　コミックシーモア　Renta!　dブック　ブックパス　他